LES NOUVEAUX CONTES DES FÉES.

*Par Madame de M****

A PARIS,

Dans la Boutique de Claude Barbin,

Chez la Veuve RICOEUR, au Palais, sur le Perron de la sainte Chapelle.

M. DCCX.

AVEC PRIVILEGE DU ROY.

LE PALAIS DE LA VENGEANCE.

CONTE.

L fut autrefois un Roi & une Reine d'Islande, qui aprés vingt ans de Mariage eurent une fille, dont la naissance leur donna d'autant plus de joie, qu'ils desesperoient depuis long-tems d'avoir des enfans qui succedassent un jour à leur Roiaume. La jeune Princesse fut nommée IMIS, ses charmes naissans promirent dés son enfance toutes les merveilles que l'on vit briller en elle dans un âge un peu plus avancé. Rien n'auroit été digne d'elle dans tout l'Univers, si l'Amour qui crut être de son honneur de pouvoir aſſujettir un jour à ſon empire une ſi merveilleuſe perſonne, n'eût pris ſoin de faire naître dans cette même Cour un Prince auſſi charmant, que la Princeſſe IMIS étoit aimable. Il s'appelloit PHILAX, & il étoit fils d'un frere du Roi d'Iſlande; il avoit deux ans plus que la Princeſſe, & ils furent élevez enſemble avec toutes les libertez que donne l'enfance & la proximité du ſang. Les premiers mouvemens de leurs cœurs furent donnez à l'admiration & à la tendreſſe. Ils ne pouvoient rien voir de ſi beau qu'eux-mêmes, auſſi ne trouvoient-ils rien ailleurs qui pût les détourner d'une paſſion qu'ils ſentoient l'un & l'autre, même ſans ſçavoir encore comment on la devoit nommer. Le Roi & la Reine voïoient naître cet Amour avec plaiſir; ils aimoient le jeune PHILAX, il étoit Prince de leur ſang, & jamais un enfant n'avoit donné de ſi belles eſperances. Tout ſembloit d'accord avec l'amour, pour rendre un jour PHILAX le plus heureux de tous les hommes. La Princeſſe avoit environ douze ans, quand la Reine qui l'aimoit avec une tendreſſe infinie, voulut conſulter ſur ſa deſtinée une Fée, dont la ſcienc prodigieuse faisoit alors grand bruit. Elle partit pour l'aller trouver. Elle mena IMIS avec elle, qui dans la douleur de quitter PHILAX, s'étonna mille & mille fois que l'on pût songer à l'avenir, quand le present étoit agreable. Philax demeura auprés du Roi, & tous les plaisirs de la Cour ne le consolerent point de l'absence de la Princesse.

La Reine arriva au Château de la Fée, elle y fut magnifiquement reçuë, mais la Fée ne s'y trouva pas. Elle habitoit d'ordinaire sur le sommet d'une montagne à quelque distance de son Château, où elle demeuroit seule, occupée de ce profond sçavoir qui la rendoit si celebre par tout le monde. Dés qu'elle sçut l'arrivée de la Reine, elle revint : la Reine lui presenta la Princesse, lui apprit son nom, l'heure de sa naissance, que la Fée sçavoit aussi bien qu'elle, quoi qu'elle n'y eût point été (mais la Fée de la Montagne sçavoit tout) elle promit à la Reine de lui rendre réponse dans deux jours, & puis elle retourna sur le sommet de sa Montagne. Au commencement du troisiéme jour elle revint, fit descendre la Reine dans un Jardin, & lui donna des Tablettes de feüilles de Palmier bien fermée, mais elle lui ordonna de ne les ouvrir qu'en presence du Roi. La Reine, pour satisfaire du moins en quelque façon sa curiosité, lui fit diverses questions sur la fortune de sa fille: Grande Reine, lui dit la Fée de la Montagne, je ne vous sçaurois dire précisément de quelle espece de malheur la Princesse est menacée; je vois seulement que l'Amour aura beaucoup de part dans les évenemens de sa vie, & que jamais beauté n'a fait naître de si violentes passions que celles que doit inspirer Imis. Il ne falloit point être Fée pour promettre des Amans à cette Princesse. Ses yeux sembloient déja exiger de tous les cœurs l'Amour que la Fée assuroit que l'on auroit pour elle. Cependant Imis, beaucoup moins inquiete de sa destinée que de l'absence de Philax, s'amusoit à cueillir des fleurs: mais occupée de sa tendresse & de l'impatience de partir, elle oublia le bouquet qu'elle avoit commencé de faire, & jetta en rêvant les fleurs qu'elle avoit d'abord amassées avec plaisir; elle alla rejoindre la Reine, qui disoit adieu à la Fée de la Montagne. La Fée embrassa Imis, & la regardant avec l'admiration qu'elle meritoit: Puisqu'il ne m'est pas possible (dit-elle aprés quelque moment d'un silence qui avoit quelque chose de misterieux) puisqu'il ne m'est pas possible, belle Princesse, de changer en ta faveur l'ordre des destinées, du moins je tâcherai de te faire éviter les malheurs qu'elles te préparent. Aprés ces mots elle cueïllit elle-même une touffe de Muguet, & s'adressant à la jeune Imis: Portez toujours ces fleurs que je vous donne, lui dit-elle, elles ne se flétriront jamais; & tant que vous les aurez sur vous, elles vous garentiront de tous les maux, dont le destin vous menace. Elle attacha ensuite le bouquet sur la coëffure d'Imis, & les fleurs obéïssant aux intentions de la Fée; dés qu'elles furent sur la tête de la Princesse, s'ajusterent d'elles-mêmes, & formerent une espece d'aigrette, dont la blancheur sembloit ne servir qu'à faire voir que rien ne pouvoit effacer celle du teint de la belle Imis. La Reine partit aprés avoir encore remercié mille fois la Fée & revint en Islande, où toute la Cour attendoit avec impatience le retour de la Princesse. Jamais la joie ne parut plus brillante & plus aimable que dans les yeux d'Imis, & de son Amant. On n'expliqua qu'au Roi le mistere de l'aigrette de Muguet; elle faisoit un effet si agreable sur les beaux cheveux bruns de la Princesse, que tout le monde la prit seulement pour un ornement qu'elle avoit choisi elle-même dans les jardins de la Fée. La Princesse parla beaucoup plus à Philax des chagrins qu'elle avoit senti en ne le voïant pas, que des malheurs que lui promettoient les destinées. Philax en fut pourtant allarmé, mais la joie de se trouver étoit presente, les malheurs encore incertains, ils les oublierent, & s'abandonnerent au doux plaisir de se revoir. Cependant la Reine rendit compte au Roi de son voïage, & lui donna les Tablettes de la Fée. Le Roi les ouvrit, & y trouva ces paroles écrites en lettres d'or,

Le destin pour Imis sous un espoir flatteur,
Cache une peine rigoureuse,
Elle deviendra malheureuse
Par le long cours de son bonheur.

Le Roi & la Reine furent fort affligez de cet Oracle, & chercherent vainement à le pouvoir expliquer. Ils n'en dirent rien à la Princeſſe, pour ne lui pas donner une inutile douleur. Un jour que Philax étoit allé à la chaſſe, ce qui lui arrivoït aſſez ſouvent, Imis ſe promenoit ſeule dans un labyrinthe de mirthes; elle étoit fort triſte, parce qu'elle trouvoit que Philax tardoit trop à revenir, & elle ſe reprochoit une impatience qu'il ne partageoit pas avec elle; elle étoit occupée de ſa rêverie, quand elle entendit une voix qui lui dit, pourquoi vous affligez-vous, belle Princeſſe? ſi Philax n'eſt pas aſſez ſenſible au bonheur d'être aimé de vous, je viens vous offrir un cœur mille fois plus reconnoiſſant, un cœur vivement touché de vos charmes, & une fortune aſſez brillante, pour devoit être deſirée par toute autre que par vous, dont tout le monde doit reconnoître l'empire. La Princeſſe fut tres-ſurpriſe d'entendre cette voix, elle croïoit être ſeule dans le labyrinthe, & comme elle n'avoit point parlé, elle s'étonnoit encore plus que cette voix eût répondu à ſa penſée; elle regarda autour d'elle, & elle vit paroître en l'air un petit homme monté ſur un Hanneton. N'aïez point peur, belle Imis, lui dit-il, vous n'avez point d'Amant plus ſoûmis que moi ; & quoïque ce ſoit aujourd'hui la premiere fois que je parois devant vous, il y a long-tems que je vous aime, & que je vous vois tous les jours. Que vous m'étonnez, lui dit la Princeſſe ! Quoi ! vous me voïez tous les jours, & vous ſçavez ce que je penſe ? Si cela eſt, vous avez dû voir qu'il eſt inutile d'avoir de l'amour pour moi. Philax à qui j'ai donné mon cœur eſt trop aimable, pour pouvoir ceſſer d'en être le maître ; & quoique je ne ſois pas contente de lui, je ne l'ai jamais tant aimé : mais, dites-moi qui vous êtes, & où vous m'avez vûë ? Je ſuis Pagan l'Enchanteur, lui dit-il, & mon pouvoir s'étend ſur tout le monde, hors ſur vous. Je vous vis dans les Jardins de la Fée de la Montagne. J'étois caché dans une des Tulypes que vous cueïllîtes, je pris d'abord pour un heureux préſage le hazard qui vous avoit fait choiſir la fleur où j'étois. Je me flattai que vous m'emporteriez avec vous : mais vous étiez trop occupée du plaiſir de penſer à Philax ; vous jettâtes les fleurs aprés les avoir cueïllies, & vous me laiſsâtes dans le Jardin, le plus amoureux de tous les hommes. Depuis ce moment, j'ai ſenti que rien ne pouvoit me rendre heureux que l'esperance d'être aimé de vous. Pensez à moi, belle Imis, s'il vous est possible, & permettez-moi de vous faire souvenir quelquefois de mon amour. Aprés ces mots il disparut, & la Princesse retourna au Palais, où la vûë de Philax qu'elle retrouva, dissipa la peur qu'elle avoit euë. Elle avoit tant d'empressement de l'entendre se justifier du long-tems qu'il avoit passé à la chasse, qu'elle pensa oublier de lui conter son avanture. Mais enfin elle lui apprit ce qui lui venoit d'arriver dans le labyrinthe des Myrthes. Le jeune Prince malgré son courage, craignit un Rival aîlé contre lequel il ne pourroit disputer sa Princesse aux dépens de sa vie. Mais l'Aigrette de Muguet le rassuroit contre les enchantemens, & la tendresse qu'Imis avoit pour lui, ne lui permettoit pas de craindre son changement. Le lendemain de l'avanture du labyrinthe, la Princesse en s'éveillant, vit voler dans sa chambre douze petites Nymphes assises sur des Mouches à miel, qui portoient dans leurs mains de petites Corbeilles d'or. Elles s'approcherent du lit d'Imis, la saluërent, & puis allerent mettre les Corbeilles ſur une table de marbre blanc, qui parut au milieu de la Chambre. Dés qu'elles furent poſées, elles devinrent d'une grandeur ordinaire. Les Nymphes aprés avoir quitté leurs Corbeilles, ſaluërent encore Imis, & une d'entr'elles s'approchant de ſon lit plus prés que les autres, laiſſa tomber deſſus quelque choſe, puis elles s'envolerent. La Princeſſe malgré l'étonnement que lui donnoit un ſpectacle ſi nouveau, prit ce que la Nymphe avoit joüé auprés d'elle, c'étoit une Emeraude d'une beauté merveilleuſe. Elle s'ouvrit dés que la Ptinceſſe y toucha, elle trouva qu'elle renfermoit une feüille de roſe, ſur laquelle elle lût ces Vers:

Que l'Univers apprenne avec étonnement,
Du pouvoir de vos yeux les effets incroïables;
Vous me rendez en vous aimant,
Les tourmens même deſirables.

La Princeſſe ne pouvoit revenir de ſa ſurpriſe, enfin elle appella les Dames qui la ſervoient, elles furent auſſi étonnées qu'Imis à la vûë de la table & des Corbeilles. Le Roi, la Reine, & Philax accoururent au bruit de cette avanture ; la Princesse ne supprima dans son récit que la Lettre de son Amant. C'étoit au seul Philax qu'elle croïoit en devoir rendre compte. Les Corbeilles furent examinées avec soin, & elles se trouverent toutes remplies de Pierreries, d'une beauté extraordinaire, & d'un si grand prix, qu'elles redoublerent encore l'étonnement des Spectateurs. La Princesse n'y voulut point toucher ; & aïant trouvé un moment où personne ne l'écoutoit, elle s'approcha de Philax, & lui donna l'Emeraude & la feüille de rose. Il lût la Lettre de son Rival avec beaucoup de peine. Et mis pour le consoler déchira devant lui la feüille de rose. Mais que ce sacrifice leur coûta cher ! Il se passa quelques jours sans que la Princesse entendît parler de Pagan : Elle crut que ses mépris pour lui auroient éteint son amour, & Philax se flata de la même esperance. Ce Prince retourna à la Chasse comme il avoit accoûtumé. Il s'arrêta seul au bord d'une fontaine pour se rafraîchir. Il avoit sur lui l'Emeraude que la Princesse lui avoit donnée, & se souvenant de ce Sacrifice avec plaisir, il la tira de sa poche pour la regarder ; mais à peine l'eut-t'il tenuë un moment, qu'elle lui échappa des mains, & dès qu'elle eut touché la terre, elle se changea en un Chariot. Deux Monstres aîlez sortirent de la fontaine, & s'y attelerent eux-mêmes. Philax les regardoit sans peur, car il étoit incapable d'en avoir; mais il ne pût s'empêcher de sentir quelque émotion, quand il se vit transporter dans le Chariot d'Emeraude par une force invisible; & aussi-tôt élevé en l'air où les Monstres aîlez firent voler le Chariot, avec une facilité & une rapidité prodigieuse. Cependant la nuit arriva, & les Chasseurs aprés avoir cherché Philax partout le bois inutilement, revinrent au Palais, où ils crurent qu'il pourroit être retourné. Ils ne l'y trouverent pas, & personne ne l'avoit vû depuis qu'il étoit allé avec eux à la chasse. Le Roi ordonna que l'on retournât chercher le Prince. Toute la Cour prit part à son inquiétude; l'on retourna dans le bois, on courut aux environs, on n'en revint qu'au point du jour, & l'on en revint sans avoir appris aucunes nouvelles du Prince. Imis avoit passé la nuit à se desesperer de l'absence de son Amant, dont elle ne pouvoit comprendre la cause.

Elle étoit alors sur une terrasse du Palais, pour voir revenir ceux qui étoient allé chercher Philax, & elle se flatoit de le voir arriver avec eux : mais rien ne peut exprimer l'excés de la douleur dont elle fut saisie, quand elle ne vit point arriver Philax, & qu'on lui dit qu'il avoit été impossible d'apprendre ce qu'il étoit devenu. Elle s'évanoüit, on l'emporta, & une de ses femmes qui s'empressoit de la mettre au lit, détacha de dessus la tête de la Princesse l'Aigrette de Muguet qui la garantissoit des enchantemens. Dés qu'elle fut ôtée un nuage obscurcit la chambre, & Imis disparut. Le Roi & la Reine furent au desespoir de cette perte, & ne pûrent jamais s'en consoler. La Princesse en revenant de son évanoüissement, se trouva dans une Chambre de Corail de diverses couleurs, parquetée de nacre de Perles environnée de Nimphes qui la servoient avec un profond respect. Elles étoient belles, & vêtuës d'habits magnifiques & galans; d'abord Imis demanda où elle étoit. Vous êtes dans un lieu où l'on vous adore, lui dit une des Nimphes. Ne craignez rien, belle Princesse, vous y trouverez tout ce que vous pouvez desirer. Philax est donc ici (dit alors la Princesse avec un mouvement de joie qui parut dans ses yeux,) je ne souhaite que le bonheur de le revoir. C'est vous souvenir trop long-tems d'un ingrat (dit alors Pagan en se faisant voir à la Princesse) & puisque ce Prince vous a quitté, il n'est plus digne de l'amour que vous avez pour lui, joignez le dépit & les soins de vôtre gloire à la passion que j'ai pour vous. Regnez à jamais dans ces lieux, belle Princesse, vous y trouverez des richesses immenses, & tous les plaisirs imaginables seront attachez à vos pas. Imis ne répondit au discours de Pagan que par des larmes. Il la quitta de peur d'aigrir sa douleur. Les Nymphes resterent auprés d'elle, & essaïerent par leurs soins de la consoler. On lui servit un repas magnifique, elle refusa de manger; mais enfin le lendemain le desir de voir encore Philax la fit résoudre à vivre. Elle mangea, & les Nymphes pour dissiper sa douleur la menerent en divers endroits du Palais; il étoit tout bâti de coquillages luisans, mêlez avec des Pierres précieuses de differentes couleurs; ce qui faisoit le plus bel effet du monde, tous les meubles en étoient d'or, & d'un travail si merveilleux, qu'on voïoit bien qu'il ne pouvoit venir que de la main des Fées. Les Nymphes aprés avoir fait voir à Imis le Palais, la conduisirent dans des Jardins, dont la beauté ne peut être représentée. Elle y trouva un Char fort brillant, attelé de six Cerfs qu'un Nain conduisoit. On la pria d'entrer dans le Char, Imis obéït, les Nymphes s'y assirent à ses pieds; on les mena sur le bord de la Mer, où une Nymphe apprit à la Princesse que Pagan regnoit dans cette Isle, dont il avoit fait par la force de son art, le plus beau lieu de l'Univers. Un bruit d'Instrumens interrompit le discours de la Nymphe, toute la Mer parut couverte de petites Barques de Corail couleur de feu, remplies de tout ce qui pouvoit composer une Fête maritime fort galante. Au milieu des petites Barques il y en avoit une beaucoup plus grande que les autres, sur laquelle les chiffres d'Imis paroissoient partout formez avec des Perles, elle étoit traînée par deux Dauphins. Elle s'approcha du rivage. La Princesse y entra avec les Nymphes; dés qu'elle y fut, une superbe collation parut devant elle, & elle entendit un concert merveilleux qui se faisoit dans les Barques qui entouroient la sienne. On n'y chanta que ses loüanges; mais Imis ne fit attention à rien. Elle remonta dans son Char, & retourna à son Palais accablée de tristesse. Le soir Pagan se présenta encore devant elle. Il la trouva plus insensible à son amour, qu'elle ne lui avoit encore paru; mais il ne se rebuta point, & se flatta sur la foi de sa constance. Il ignoroit encore, qu'en amour les plus constans ne sont pas toujours les plus heureux; il donnoit chaque jour des Fêtes à la Princesse, des divertissemens dignes d'attirer l'admiration de tout le monde, excepté de celle pour qui on les inventoit. Imis n'étoit touchée que de l'absence de son Amant. Cependant ce malheureux Prince avoit été conduit par les Monstres aîlez dans une Forest, dont Pagan étoit le maître. Elle s'appelloit la Forest triste. Dés que Philax y fut arrivé, le Chariot d'Emeraude & les Monstres disparurent. Le Prince surpris de cette avanture, appella tout son courage à son secours, & c'étoit le seul secours sur lequel il pouvoit compter dans ce lieu-là. Il parcourut d'abord quelques routes de la Forest, elle étoit

étoit affreuse, & le Soleil n'en penetroit jamais l'obscurité. Il n'y trouva personne, pas même des Animaux d'aucune espece; il sembloit que les Animaux même eussent de l'horreur pour un si triste séjour. Philax y vécut des fruits sauvages qu'il y trouva. Il y passoit les jours dans une douleur mortelle. L'absence de la Princesse le mettoit au desespoir, & quelquefois avec son épée qui lui étoit demeurée, il s'amusoit à graver le nom d'Imis sur des arbres qui n'étoient pas destinez pour un usage si tendre; mais quand on aime veritablement, on sçait quelquefois servir à l'amour les choses du monde qui lui paroissent le plus contraire. Cependant le Prince avançoit tous les jours dans la Forest, & il y avoit environ un an qu'il l'habitoit, lors qu'une nuit il entendit des voix plaintives, dont il ne pût distinguer les paroles. Quelques effraïantes que dûssent être ces plaintes pendant la nuit, & dans un lieu où le Prince n'avoit jamais vû personne, le desir de n'être plus seul, & de trouver du moins des malheureux comme lui, avec qui il pût se plaindre de ses infortunes, lui fit attendre le jour avec impatience, pour chercher ceux qu'il avoit entendus. Il marcha vers l'endroit de la Foreſt, d'où il crût que pouvoient venir les voix. Il marcha toute la journée inutilement; mais enfin ſur le ſoir il trouva dans un lieu où les Arbres s'éclairciſſoient, les débris d'un Château qui paroiſſoit avoir été fort ſpacieux & fort ſuperbe. Il entra dans une cour, dont les murs qui étoient de marbre vert, paroiſſoient encore aſſez entiers. Il n'y trouva que des Arbres d'une hauteur prodigieuſe, plantez ſans ordre en divers endroits de la cour. Il s'avança plus loin vers un lieu où il vit quelque choſe d'élevé ſur un pied d'Eſtal de marbre noir, c'étoient des Armes confuſément amaſſées les unes ſur les autres, des caſques, des boucliers, des épées à l'antique, qui formoient une eſpece de trophée mal-arrangée. Il regarda s'il n'y auroit point quelque Inſcription, qui pût l'inſtruire du nom de ceux à qui avoient appartenu autrefois ces Armes. Il en trouva une gravée ſur le pied d'Eſtal, dont le tems avoit à demi effacé les caracteres, & ce fut avec beaucoup de peine qu'il y lût ces paroles.

A L'IMMORTELLE MEMOIRE

De la gloire de la Fée Céoré

C'EST ICI

Que dans une même journée

Elle triompha de l'Amour

Et punit ses Amans infidéles.

Cette Inscription n'instruisoit point Philax de tout ce qu'il vouloit sçavoir ; aussi auroit-il continué de marcher dans la Forest, si la nuit ne fût arrivée. Il s'assit au pied d'un Cyprés, & à peine y eut-il été un moment, qu'il entendit les mêmes voix qu'il avoit oüies la nuit précedente. Il en fut moins surpris, que de s'appercevoir que c'étoient ces Arbres mêmes qui se plaignoient, comme des hommes auroient pû faire. Le Prince se leva, mit l'épée à la main, & frappa sur le Cyprés qui étoit le plus prés de lui ; il alloit redoubler ses coups quand l'Arbre lui cria : Arrête, arrête, n'outrage point un Prince malheureux, & qui n'est plus en état de se deffendre. Philax s'arrêta, & s'accoûtumant à cette surprenante avanture, demanda au Cyprés par quelles merveilles il étoit

Homme & Arbre tout enſemble ? Je veux bien te l'apprendre, lui dit le Cyprés, & puiſque depuis deux mille ans voici la premiere occaſion que me donne le deſtin de me plaindre de mes malheurs, je ne veux pas la perdre. Tous ces Arbres que tu vois ici, furent des Princes conſiderables dans leur ſiecle par le rang qu'ils tenoient dans le monde, & par leur valeur. La Fée Céoré regnoit dans cette contrée. Elle étoit belle, mais ſon ſçavoir la rendoit encore plus renommée que ſa beauté. Auſſi uſa-t'elle d'autres charmes pour nous aſſujettir à ſes loix. Elle étoit devenuë amoureuſe du jeune Orizée, Prince digne d'une meilleure fortune par ſes admirables qualitez. (C'eſt premierement, ajoûta le Cyprés, ce Cheſne que tu vois à côté de moi.) (Philax regarda le Cheſne, & lui entendit pouſſer un grand ſoûpir que lui arracha ſans doute le ſouvenir de ſon infortune.) La Fée pour attirer ce Prince à ſa Cour, continua le Cyprés, fit publier un Tournoy, nous courûmes tous à cette petite occaſion d'acquerir de la gloire. Orizée fut du nombre des Princes qui diſputerent le prix. (C'étoient des Armées fées, qui rendoient invulnerables. Je fus malheureusement vainqueur. Céoré irritée de ce que le destin ne s'étoit pas déclaré d'accord avec ses inclinations, résolut de se vanger sur nous de ce crime de la fortune, elle enchanta des glaces de miroirs, dont une gallerie de son Château étoit toute remplie. Ceux qui la voïoient représentée seulement une fois dans ces glaces fatales, ne pouvoient se deffendre de sentir pour elle une violente passion; ce fut dans ce lieu qu'elle nous reçut le lendemain du Tournoy, nous la vîmes tous dans ces glaces, & nous trouvâmes si belle, que ceux d'entre nous, qui jusqu'alors avoient été indifferens, cesserent de l'être en un moment, & ceux qui avoient aimé devinrent aussi facilement infideles. Nous ne pensâmes plus à quitter la Cour de la Fée, nous ne songions qu'à lui plaire. En vain les affaires de nos Etats nous rappelloient dans nos Roïaumes. Tout nous paroissoit indigne de nous hors l'esperance d'être aimez de Céoré. Orizée fut le seul qu'elle favorisa, & la passion des autres Princes ne servoit à la Fée, qu'à faire des Sacrifices à cet Amant qui lui étoit si cher, & qu'à répandre dans tout le monde le bruit de ſa beauté. L'amour ſembla pendant quelque tems avoir adouci l'humeur cruelle de Céoré; mais aprés quatre ou cinq années elle reprit ſa premiere ferocité, elle vengea de legers déplaiſirs ſur des Rois ſes voiſins par des meurtres épouvantables, & abuſant du pouvoir que ſes enchantemens lui donnoient ſur nous, elle nous rendoit les Miniſtres de ſes cruautez. Orizée tâchoit en vain d'arrêter ſes injuſtices, elle l'aimoit, mais elle ne lui obéïſſoit point. Un jour que je revenois de combattre, & de vaincre pour ſes interêts, un Geant qu'elle m'avoit envoïé défier au combat, je lui fis apporter les armes du vaincu. Elle étoit ſeule dans la gallerie des Miroirs. Je mis les armes du Geant à ſes pieds, & lui parlai de mon amour avec une ardeur incroïable, qui ſans doute s'augmentoit par la force des enchantemens du lieu où j'étois. Mais bien loin de me témoigner quelque reconnoiſſance pour le ſuccés de mon combat, & pour l'amour que j'avois pour elle, Céoré me traita avec des mépris inſupportables; & ſe retirant dans un Cabinet, elle me laiſſa ſeul dans la gallerie dans un deſeſpoir & une fureur qui ne ſe peuvent exprimer. J'y demeurai longtems ſans ſçavoir quelle réſolution je voulois prendre; car les enchantemens de la Fée ne nous permettoient pas de vouloir combattre Orizée. Soigneuſe de la vie de ſon Amant, la cruelle Céoré nous rendoit jaloux, & nous ôtoit ce deſir ſi naturel aux hommes de ſe venger d'un Rival heureux. Enfin, aprés avoir marché quelque tems dans la gallerie, me ſouvenant que c'étoit dans ce lieu que j'avois commencé d'être amoureux de la Fée; c'eſt ici, m'écriai-je, que j'ai pris le funeſte Amour qui me deſeſpere, & vous glaces funeſtes qui m'avez tant de fois repreſenté l'injuſte Céoré, avec cette beauté qui ſéduit mon cœur & ma raiſon, je vous punirai du crime de l'avoir offerte à mes regards avec trop de charmes. A ces mots, prenant la maſſuë du Geant que j'avois fait apporter pour preſenter à la Fée, j'en donnai quelques coups dans les glaces; à peine furent-elles caſſées, que je me ſentis plus de haine pour Céoré que je n'avois eû d'amour pour elle. Les Princes mes rivaux ſentirent dans ce même inſtant rompre leurs fers. Orizée lui-même fut honteux de l'amour que la Fée avoit pour lui. Céoré essaïa en vain d'arrêter son Amant par ses larmes : il fut insensible à sa douleur, & malgré ses cris nous partions tous ensemble pour fuïr ce funeste séjour, quand en passant dans la Cour où nous sommes, le Ciel parut tout en feu, un tonnerre épouventable se fit entendre, & il nous fut impossible de changer de place; la Fée parut en l'air, montée sur un grand Serpent, & s'adressant à nous avec un son de voix qui marquoit sa fureur: Princes inconstans, nous dit-elle, je vais punir par une peine qui ne finira jamais le crime que vous avez commis en rompant mes chaînes qu'il vous étoit trop glorieux de porter; & toi ingrat Orizée, je triomphe enfin de l'amour que tu m'avois donné. Contente de cette victoire, je vais te faire éprouver les mêmes malheurs qu'à tes Rivaux, & *J'ordonne*, ajoûta-t'elle, *en memoire de cette avanture, que quand l'usage des Miroirs sera connu dans tout l'Univers, que la perte de ces glaces fatales soient toujours un assuré présage de l'infidelité d'un Amant.* La Fée se perdit en l'air aprés avoir prononcé ces paroles. Nous fûmes changez en Arbres, & la cruelle Céoré nous laissa

laissa sans doute la raison pour nous faire souffrir davantage. Les tems ont détruit ce superbe Château qui fut le témoin de nos disgraces, & tu es le seul qui sois venu dans cette affreuse Forêt, depuis deux mille ans que nous y sommes, Philax alloit répondre aux discours du Cyprés, quand il fut tout d'un coup transporté dans un Jardin fort agreable; il y trouva une belle Nymphe, qui s'approchant de lui d'un air gracieux: si vous voulez Philax, lui dit-elle, je vous ferai voir la Princesse Imis danstrois jours. Le Prince transporté de joie à une proposition si peu attenduë, se jetta à ses pieds pour lui témoigner sa reconnoissance. Dans ce même instant Pagan étoit en l'air, caché dans un nuage avec la Princesse Imis. Il lui avoit dit mille fois que Philax étoit infidele, elle avoit toujours refusé de le croire sur la parole d'un Amant jaloux; il la conduisoit en ce lieu pour la convaincre, disoit-il, de la legereté d'un Prince qu'elle lui préferoit si injustement. La Princesse vit Philax d'un air content aux pieds de la Nymphe, elle fut au desespoir de ne pouvoir plus se tromper sur la chose du monde qu'elle craignoit le plus;

Pagan ne l'avoit pas mise à une distance de la terre, où il lui fût possible d'entendre ce que Philax & la Nymphe se disoient, c'étoit par ses ordres qu'elle s'étoit presentée à ce Prince; Pagan ramena Imis dans son Isle, où aprés l'avoir convaincuë de l'infidelité de Philax, il trouva qu'il avoit seulement redoublé la douleur de cette belle Princesse, & qu'elle n'en étoit pas plus sensible pour lui; desesperé de voir que cette infidelité prétenduë, dont il avoit esperé un plus doux succés lui devenoit inutile, il résolut de se venger de la constance de ces deux Amans: il n'étoit pas cruel, comme la Fée Céoré son aïeule; aussi imagina-t'il une autre vengeance que celle dont elle avoit puni ses malheureux Amans; il ne voulut pas faire périr ni la Princesse qu'il avoit si tendrement aimée, ni même Philax qu'il avoit assez fai[t] souffrir; & bornant sa vengeance [à] détruire une passion qui avoit été [si] contraire à la sienne, il éleva dan[s] son Isle un Palais de cristal, pri[t] soin d'y mettre tout ce qui peut êtr[e] agreable à la vie; hors le moïen d'e[n] pouvoir sortir, il y renferma des Nym[-]phes & des Nains pour servir Imis [de] la son Amant, & quand tout fut disposé pour les y recevoir, il les y transporta l'une & l'autre. Ils se crurent d'abord au comble du bonheur, & rendirent mille graces à la douce colere de Pagan. Cependant il ne voulut pas si-tôt les voir ensemble, il comprit que de jour en jour ce spectacle deviendroit moins cruel pour lui; il s'éloigna du Palais de cristal, aprés y avoir d'un coup de baguette gravé cette Inscription:

Les tourmens, les ennuis, les malheurs de l'absence,
D'Imis & de Philax troublerent les beaux jours.
Sans pouvoir vaincre leur constance,
Pagan fut offensé de leur perseverance,
Et pour détruire enfin de si tendres Amours,
Il les a dans ces lieux témoins de sa vengeance,
Condamnez à se voir toujours.

On dit qu'au bout de quelques années, Pagan fut aussi vengé qu'il avoit desiré de l'être, & que la belle Imis & Philax accomplissant la prédiction de la Fée de la Montagne, souhaiterent avec autant d'ardeur de retrouver l'Aigrette de Muguet pour détruire des enchantemens agreables ; qu'ils l'avoient conservée autrefois avec soin, pour se garentir des malheurs qui leur avoient été prédits :

Avant ce tems fatal les Amans trop heureux,
Brûloient toujours des mêmes feux,
Rien ne troubloit le cours de leur bonheur extrême,
Pagan leur fit trouver le secret malheureux,
De s'ennuïer du bonheur même.

LE PRINCE DES FEUILLES.

CONTE.

DANS une de ces parties du monde où les Poëtes ont seuls le droit de donner des noms, vulgairement appellée le Païs des Fées, regnoit autrefois un Roi si renommé par ses belles qualitez qu'il attiroit l'estime & l'admiration de tous les Princes de son tems. Il avoit perdu depuis plusieurs années la Reine sa femme, dont il n'avoit point eu de fils; mais il n'en avoit plus desiré, depuis qu'il en avoit eu une fille d'une beauté si merveilleuse, qu'il lui donna dés le moment de sa naissance toute sa tendresse & tout son attachement; elle fut nommée Ravissante, par une Fée proche parente de la Reine, qui prédit que l'esprit & les charmes de la jeune Princesse passeroient tout ce qu'on avoit vû jusqu'alors, & même l'esperance qu'ils devoient donner quelque belle qu'elle dût être : mais elle ajoûta à cette agreable prédiction, que le bonheur de la Princesse seroit parfait, pourvû que son cœur fût toujours fidelle aux premieres impressions qu'il recevroit de l'amour, avec cette circonstance qui peut s'assurer d'un destin heureux, le Roi qui ne souhaitoit que le bonheur de Ravissante, desiroit passionnément qu'il eût été attaché à toute autre fatalité : mais on ne fait pas à son gré ses destinées, il pria mille fois la Fée de donner à la jeune Ravissante le don de la constance, comme il lui avoit vû donner à d'autres le don de l'esprit & de la beauté; mais la Fée qui étoit assez sçavante, pour ne le point tromper sur les differens effets de son sçavoir, apprit sincerement au Roi, que le pouvoir des Fées ne peut s'étendre sur les qualitez du cœur; mais elle lui promit qu'elle appliqueroit tous ses soins à imprimer à la jeune Princesse les sentimens où son bonheur se trouvoit attaché. Sur la foi de cette promesse, le Roi lui confia Ravissante dés qu'elle eût atteint l'âge de cinq ans, aimant mieux se priver du plaisir de la voir, que de hazarder par ce plaisir de devenir contraire à sa fortune. La Fée emmena la petite Princesse, que la joïe & la nouveauté d'aller par les airs dans un petit Char fort brillant, consola en peu de momens d'avoir quitté la Cour du Roi son pere; le quatriéme jour d'aprés son départ le Char volant s'arrêta au milieu de la Mer sur un rocher d'une grandeur prodigieuse, il étoit d'une pierre unie & luisante, dont la couleur imitoit parfaitement celle du Ciel; la Fée remarqua avec plaisir, que la jeune Ravissante trouvoit cette couleur fort belle, & elle en tira un heureux présage pour l'avenir, parce que c'est elle qui signifie la fidelité, peu de momens aprés être arrivée, la Fée toucha le rocher avec une baguette d'or qu'elle tenoit dans sa main, le rocher s'ouvrit aussi-tôt, & Ravissante se trouva avec la Fée dans le plus beau Palais du monde; les murs en étoient de même matiere que le rocher, & la même couleur se trouvoit dans toutes les peintures, & dans tous les ameublemens; mais elle y étoit si ingenieusement mêlée avec de l'or & des pierres précieuses; que bien loin d'ennuïer, elle plaisoit également par tout. La jeune Ravissante demeura dans cet agreable Palais, avec de belles filles que la Fée y avoit transportées de divers païs, pour servir & pour amuser la Princesse; elle y passa son enfance dans tous les plaisirs qui pouvoient convenir à son âge; quand elle eut atteint celui de quatorze ans, la Fée consulta encore les Astres, pour sçavoir bien précisement le tems où le cœur de Ravissante devoit être touché d'une passion qui plaît encore plus qu'elle n'est redoutable, quelque redoutable qu'elle soit, & elle vit distinctement dans les Estoiles que ce tems fatal s'approchoit où les destinées de la jeune Princesse devoient s'accomplir. La Fée avoit un neveu qui lui étoit infiniment cher; il étoit de même âge que Ravissante, né le même jour & à la même heure; elle avoit trouvé en consultant aussi les Astres pour lui, qu'ils lui promettoient le même sort qu'à la Princesse, c'est-à-dire un bonheur parfait, pourvû qu'il eût une fidelité que rien ne pût vaincre. Il étoit pourtant plus aisé de l'assurer de sa constance que de son bonheur. Pour le rendre amoureux & fidelle, elle n'avoit qu'à lui faire voir Raviſſante, rien ne pouvoit échapper à ſes yeux, & la Fée eſpera que les ſoins de ce jeune Prince pouroient un jour toucher ſon cœur. Il étoit fils d'un Roi frere de la Fée, il étoit aimable; & la jeune Princeſſe non ſeulement n'avoit point encore eu d'Amant, elle n'avoit pas même vû d'homme depuis qu'elle étoit dans ce rocher. La Fée ſe flatta que la nouveauté du plaiſir d'être tendrement aimée, l'engageroit peut-être à aimer à ſon tour: elle tranſporta donc le Prince, qui ſe nommoit Ariſton, dans ce même rocher qui ſervoit de Palais & de priſon à la belle Raviſſante; il la trouva qu'elle s'amuſoit à faire des guirlandes de fleurs avec de jeûnes filles de ſa Cour dans une Foreſt de Hyacintes bleuës, où elles ſe promenoient alors; car la Fée en donnant au rocher le don de produire des plantes & des arbres, avoit renfermé ce pouvoir dans la couleur du rocher même. Il y avoit déja quelque tems qu'elle avoit appris à la Princeſſe que le Prince Ariſton devoit venir dans cette Iſle, & elle avoit ajoûté en faveur de ce Prince, tout ce qu'elle avoit crû capable de le faire deſirer; mais elle ſe trompa cette fois, & elle ne reconnut point, à l'arrivée d'Ariston, dans les beaux yeux de la Princesse; ce trouble & cette surprise qui présage d'ordinaire une tendre passion. Pour le Prince, ses sentimens furent d'accord avec les esperances de la Fée, il devint passionnément amoureux dés qu'il eut vû Ravissante, & il n'étoit pas possible de la voir sans l'adorer; jamais les graces & la beauté n'avoient été si parfaitement unies, qu'elles le paroissoient dans toute la personne de cette aimable Princesse. Elle avoit le teint d'une beauté merveilleuse, & ses cheveux bruns en redoubloient encore la blancheur; sa bouche avoit des agrémens infinis, ses dents étoient d'une blancheur plus aimable que celle des Perles; ses yeux, les plus beaux du monde, étoient bleus-bruns, & ils paroissoient si brillans & si touchans tout ensemble, qu'il n'étoit pas possible de soutenir leur éclat & leur vivacité, sans livrer pour toujours son cœur au pouvoir fatal que l'amour avoit attaché à leurs regards; sa taille n'étoit pas des plus grandes, mais elle étoit parfaitement belle, toutes ses actions avoient une grace particuliere; tout ce qu'elle faisoit, tout ce qu'elle disoit plaisoit également, & souvent un soûris, ou un seul mot suffisoit pour prouver qu'elle avoit autant de charmes dans son esprit que dans sa personne, telle & mille fois encore plus aimable que je ne viens de la peindre; il eût été bien difficile qu'Ariston n'en fût devenu éperduëment amoureux : mais la Princesse reçut ses soins sans attention, & n'en parut point touchée; la Fée le remarqua, & en eut une douleur qui n'étoit surpassée que par celle qu'en ressentit le Prince; elle avoit remarqué dans les Astres, que celui qui étoit destiné à posseder Ravissante, devoit étendre son pouvoir par toute la terre, & même jusques sur les Mers. Ainsi elle souhaitoit autant par ambition que son neveu pût toucher le cœur de la Princesse, qu'Ariston le desiroit par son Amour. Elle crut cependant que si ce Prince étoit aussi sçavant qu'elle dans son Art, peut-être trouveroit-il quelque secret pour se rendre plus aimable aux yeux de Ravissante; mais la Fée qui n'avoit jamais aimé, ignoroit que le secret de plaire ne se trouve pas toujours, quel que soit l'empressement & l'ardeur avec laquelle on le cherche. Elle apprit donc en peu de tems au Prince Ariston, toutes ces sciences qui ne sont sçuës que par les Fées; il n'eut de plaisir à les apprendre, & il ne songea à les emploïer que par rapport à sa tendresse: il commença de s'en servir pour donner tous les jours de nouvelles fêtes à la Princesse; elle en admiroit les prodiges, elle daignoit même quelquefois loüer ce qui lui paroissoit de plus galant dans ce que le Prince faisoit pour elle: mais aprés tout, elle recevoit ses soins & ses vœux comme des hommages justement dûs à sa beauté, & dont elle le croïoit païer assez dignement par la bonté qu'elle avoit de les recevoir sans colere. Ariston se desesperoit du peu de succés de sa passion; mais peu aprés il fut contraint d'avoüer par de nouvelles infortunes, que ce tems où il se plaignoit si justement, & dans lequel il ressentoit si vivement le malheur de son amour, avoit pourtant été le plus heureux de sa vie. Un an aprés son arrivée dans l'Isle, il fit celebrer par des Jeux ce jour si remarquable pour lui, où pour la premiere fois il avoit vû Ravissante; le soir il lui donna une fête dans la Forest de Hyacintes, il y eut une Musique merveilleuse, que l'on entendoit également dans tous les endroits de la Forest, sans voir d'où pouvoient venir des sons si agreables. Tout ce qui fut chanté par ces Musiciens invisibles exprimoit tendrement l'amour d'Ariston pour la Princesse; ils finirent leur admirable concert par ces paroles qui furent repetées plusieurs fois.

Ni la raison, ni mon sort rigoureux
N'ont pû finir ma cruelle souffrance,
Sans le secours de la douce esperance,
Je sens mon cœur brûler des mêmes feux,
L'amour eût ignoré l'excés de sa puissance,
Si je n'avois senti le pouvoir de vos yeux.

Aprés la Musique il parut tout d'un coup une superbe collation sous un pavillon de gaze d'argent relevé également avec des cordons de perles, il étoit tout ouvert du côté qui regardoit la Mer qui bornoit la Forest dans cet endroit-là, & il étoit éclairé par un grand nombre de lustres de diamans brillans, qui jettoient une lumiere peu differente de celle du Soleil. Ce fut à cette clarté que les Nymphes de la Cour de Ravissante lui firent remarquer une Inscription qui étoit à l'entrée du Pavillon, écrite en lettres d'or sur un rubis d'une grandeur prodigieuse, & qui étoit soutenuë par douze petits Amours qui s'envolerent, dés que la Princesse eut oüi lire cette Inscription, qui contenoit ces Vers:

En quelques lieux de l'Univers,
Où vos beaux yeux fassent porter des fers,
Vous ne sçauriez trouver un cœur aussi fidele
Que celui qui pour vous brûle dans ces deserts;
Mais pour vous assurer une gloire immortelle,
Et voir le monde entier aux pieds de vos Autels,
Princesse, nous allons publier aux mortels,
Combien vous êtes belle.

La fête continuoit, & le Prince Ariston avoit du moins le plaisir d'occuper le loisir de la Princesse, s'il ne pouvoit occuper son cœur. Mais il fut privé de ce plaisir par un spectacle surprenant qui parut de loin sur la Mer, & qui attira la curiosité & l'attention de Ravissante, & de toute sa Cour; ce que l'on voïoit s'approcha, & l'on discingua que c'étoit un Berceau formé de Mirthes & de Lauriers mêlez ensemble, fermé de tous côtez, & qu'un nombre infini de poissons aîlez poussoient avec beaucoup de rapidité. Ce spectacle fut d'autant plus nouveau pour Ravissante, qu'elle n'avoit jamais rien vû de la couleur de ce Berceau. La Fée aïant prévû que cette couleur devoit causer quelque malheur au Prince son neveu, l'avoit absolument bannie de son Isle. La Princesse desiroit avec une impatience qui parut un mauvais présage à Ariston pour son amour, que ce qu'elle voïoit s'approchât davantage; elle n'eut pas long-tems à le souhaiter, car les poissons aîlez pousserent le Berceau en peu de momens jusqu'au pied du rocher où ils s'arrêterent, & redoublerent l'attention de la jeune Princesse & de toute sa Cour.

Le Berceau s'ouvrit, & il en sorti un jeune homme d'une beauté merveilleuse, qui paroissoit seize ou dix-sept ans, Il n'étoit habillé que de quelques branches de Myrthes entrelassées avec une écharpe de roses de differentes couleurs. Ce bel inconnu éprouva un étonnement pareil à celui qu'il causoit;

la beauté de Raviſſante ne lui laiſſa pas la liberté de s'amuſer à regarder le reſte du ſpectacle, dont l'éclat l'avoit attiré d'aſſez loin juſques à ce rocher; il s'approcha de la Princeſſe avec une grace qu'elle n'avoit jamais vûë qu'en elle-même: Je ſuis ſi ſurpris, lui dit-il, de ce que je trouve ſur ces bords, que j'ai perdu même la liberté de pouvoir exprimer mon étonnement; eſt-il poſſible, continua-t'il, qu'une Déeſſe comme vous n'ait pas des Temples par tout l'Univers? Par quels charmes? par quels prodiges êtes-vous encore inconnuë aux mortels? Je ne ſuis point une Déeſſe, dit Raviſſante en rougiſſant, je ſuis une Princeſſe infortunée, éloignée des Etats du Roi ſon pere, pour éviter je ne ſçai quel malheur que l'on aſſure qui m'a été prédit dés l'inſtant de ma naiſſance. Vous me paroiſſez bien plus redoutable, reprit le bel Inconnu, que ces Aſtres qui pourroient avoir attaché quelque fatale influence ſur vos beaux jours; & de quel malheur ne doit pas triompher une beauté ſi parfaite? je ſens qu'elle peut tout vaincre, ajoûta-t'il en ſoupirant, puiſqu'elle a vaincu en un moment un cœur que je m'étois flatté de conſerver toujours inſenſible: mais

mais, Madame, continua-t'il, sans lui donner le tems de répondre, il faut malgré moi que je m'éloigne de ces lieux charmans où je vous vois, & où je viens de perdre mon repos, j'y reviendrai bien-tôt si l'Amour m'est favorable; aprés ces mots il rentra dans le Berceau, & en peu de tems on le perdit de vûë.

Cependant le Prince Ariston demeura si interdit & si affligé de cette avanture, qu'il n'eut pas d'abord la force de parler; il lui arrivoit un Rival par un évenement aussi surprenant qu'imprevû : ce Rival ne lui avoit paru que trop aimable, & il lui sembloit qu'il avoit remarqué dans les beaux yeux de la Princesse, pendant que l'inconnu lui parloit, une langueur qu'il y avoit toujours desirée, & que jusqu'alors il n'y avoit jamais vûë. Transporté d'un desespoir qu'il n'osoit faire éclater, il ramena Ravissante au Palais, où elle passa une partie de la nuit occupée de son agreable avanture, dont elle se fit redire autant de fois les circonstances par les Nymphes de sa Cour, que si elle n'y eût pas été présente elle-même. Pour le Prince Ariston il alla consulter le sçavoir de la

Fée pour chercher à oppoſer quelque ſecret à la violente douleur dont il étoit tourmenté ; mais elle n'en avoit point contre la jalouſie, & l'on dit même que depuis on n'en a pas encore trouvé. Le Prince & la Fée redoublerent alors leurs enchantemens, pour deffendre l'entrée du Rocher à cet Inconnu ſi redoutable, qu'ils prenoient pour un Enchanteur : ils entourerent l'Iſle de Monſtres affreux, qui occuperent un grand eſpace ſur la Mer, & qui animez de leur propre fureur, & de la force des charmes, ſembloient aſſurer Ariſton & la Fée, qu'il ſeroit impoſſible de leur ôter cette belle Princeſſe qu'ils vouloient garder avec tant de ſoin. Raviſſante ſentit plus vivement le pouvoir des charmes du bel Inconnu, par la douleur que lui fit éprouver les obſtacles que l'on avoit mis à ſon retour dans l'Iſle, elle réſolut du moins de s'en venger ſur le Prince Ariſton ; elle commença de le haïr, & ce n'étoit que trop bien aſſurer ſa vengeance. Ariſton ne pouvoit ſe conſoler d'avoir attiré la haine de Raviſſante par une paſſion qui lui paroiſſoit devoir produire un effet tout contraire. La Princeſſe ſe plaignoit en ſecret de l'oubli de l'Inconnu, il lui ſembloit que l'amour devoit déja lui avoir fait tenir la promesse qu'il lui avoit faite de revenir, & quelquefois aussi elle cessoit de desirer son retour par le souvenir des perils, par lesquels la Fée & Ariston avoient deffendu l'approche de l'Isle. Un jour qu'elle étoit occupée de ces diverses réflexions, & qu'elle se promenoit seule sur le bord de la Mer, car Ariston n'osoit plus la suivre comme il faisoit auparavant, & la Princesse refusoit même de voir les fêtes dont on avoit accoûtumé de la divertir : elle arrivoit dans ce même endroit que l'avanture de l'Inconnu lui rendoit si reconnoissable, quand elle vit un Arbre sur la Mer d'une beauté extraordinaire qui voguoit vers le Rocher ; cette couleur qui étoit celle du Berceau de myrthe de l'Inconnu, lui donna d'abord de la joie ; l'Arbre s'approcha du Rocher, & les Monstres voulurent lui deffendre le passage : mais un petit vent agita les feüilles de l'Arbre, & en aïant dispersé quelques-unes contre les Monstres, ils cederent à des armes si legeres & si peu dangereuses. Ils se rangerent même en cercle avec une espece de respect autour de l'arbre qui approcha du rocher sans rencontrer d'autres obstacles, & s'ouvrit: & l'inconnu parut dedans assis sur un petit Trône de verdure, il se leva avec précipitation à la veuë de Ravissante, & lui parla avec tant d'esprit & tant d'amour, qu'aprés qu'elle lui eut appris en peu de mots quelle étoit sa fortune, elle ne lui pût cacher qu'elle étoit touchée de son retour, & même de sa tendresse; mais, lui dit-elle, est-il juste que vous sçachiez les sentimens que vous m'inspirez avant que je sçache seulement le nom de celui qui les a fait naître? Je n'ai point eu le dessein de vous cacher ma naissance, répondit le charmant Inconnu, mais auprés de vous on ne peut parler que de vous-même, cependant puisque vous le voulez je vais vous obeïr, en vous apprenant que je m'appelle le Prince des Feüilles, je suis fils du Printemps, & d'une Nimphe de la Mer parente d'Emphitrite, c'est ce qui me fait étendre mon pouvoir jusques sur les eaux; mon Empire est dans tous les lieux de la terre qui reconnoissent le Printemps, mais j'habite presque toûjours dans une Isle fortunée où ne régne jamais que l'aimable Saison que mon pere a accoutumé de donner.

L'air y est toûjours pur, les champs y sont toûjours fleuris, le Soleil ne lui fait point sentir ses ardeurs, il ne l'approche que pour l'éclairer, la nuit en est bannie, & c'est ce qui le fait appeller l'Isle du Jour, elle est habitée par un Peuple aussi galand que le Climat est agreable, c'est en ces lieux où je vous offre un Empire doux & tranquille, & où vous regnerez encore plus souverainement sur mon cœur que sur tout le reste; mais il faudroit belle Princesse, continua-t'il, consentir à vous laisser enlever de ce rocher où l'on vous retient dans un veritable esclavage, quelques honneurs que l'on vous y rende pour le déguiser. Ravissante ne put se resoudre à suivre le Prince des Feüilles dans son Empire; malgré la crainte qu'elle avoit du pouvoir de la Fée & les Conseils de son amour, elle se flatoit que sa constance à refuser les vœux d'Ariston, le resoudroit peut-être à cesser de l'aimer, & que la Fée la rendroit au Roi son pere, dont le Prince des Feüilles pourroit l'obtenir, mais je voudrois du moins, lui dit elle pouvoir vous mander ce qui se passera dans cette Isle, & je ne sçai comment ce que je veux, pourva devenir possible : car tout m'est suspect icy, je vais donc, dit le Prince des Feüilles, vous laisser des Sujets d'un Prince de mes amis, qui demeureront toûjours auprés de vous, & par qui vous pourrez me donner souvent de vos nouvelles, souvenez vous seulement, belle Princesse, de l'impatience avec laquelle je les attens ; aprés ces mots il s'approcha de l'Arbre qui l'avoit apporté, & en ayant touché quelques feüilles il en sortit deux Papillons, l'un couleur de feu & blanc, & l'autre jaune & gris de-lin, les plus jolis du monde. Ravissante les regardoit, quand le Prince des Feüilles lui dit en souriant : Je vois bien que vous étes surprise de la figure des confidens que je vous donne, mais les Papillons ne sont pas seulement ce qu'ils vous paroissent, c'est un mystere que vous apprendront ceux que je vous laisse, quand vous leur permettrez de vous entretenir ; aprés ces paroles Ravissante remarqua de loin quelques-unes des Nymphes qui venoient la chercher dans sa solitude, elle pria le Prince des Feüilles de se rembarquer, il lui obeït malgré la peine infinie qu'il avoit à la quitter ; mais il ne pût partir asseztôt pour n'être point vû, on avertit la Fée & Ariston de son retour dans l'Isle, & dés ce moment même pour ôter à la belle Ravissante les moïens, & même l'esperance de le revoir, ils éleverent sur le haut du rocher une tour de la même pierre; & pour être absolument en seureté, comme l'avanture des Monstres vivans les avoient surpris, ils rendirent la Tour & le Rocher invisibles pour tous ceux qui la viendroient chercher, ne voulant plus se fier à des enchantemens ordinaires. Ravissante se desesperoit d'une prison si cruelle & si difficile à rompre, le Prince Ariston ne lui avoit point caché qu'il l'avoit renduë invisible; il avoit même tâché de lui faire passer ce soin pour une marque asseurée de sa tendresse; mais Ravissante doubloit tous les jours sa haine & son mépris pour lui, & il n'osoit presque plus paroître devant elle. Cependant les Papillons ne l'avoient point quittée, & elle les regardoit souvent avec plaisir, parce qu'ils venoient du Prince des Feüilles; Un jour qu'elle étoit encore plus triste qu'à l'ordinaire; rêvant sur une terrasse qui étoit au plus haut de la Tour, le Papillon couleur de feu volla sur un des vases remplis de fleurs qui ornoient la balustrade, pourquoi dit-il, tout d'un coup à la Princesse, ne m'envoiez-vous pas avertir le Prince des Feüilles, il viendroit infailliblement à vôtre secours? Ravissante fut d'abord si étonnée d'entendre parler le Papillon, quoique son Amant l'eut preparé à cette nouveauté, qu'elle fut quelques momens sans lui rien dire, cependant le nom du Prince des Feüilles lui aidant à dissiper son étonnement: J'ai été si surprise, dit-elle au Papillon, de vous entendre parler comme nous, que j'ai été quelque tems sans pouvoir vous répondre, je vois bien que vous pouvez aller avertir le Prince des Feüilles de mon malheur; mais que fera-t'il, que s'en affliger inutilement? Il ne pourra me trouver dans un lieu que la cruauté de mes ennemis a pris soin de rendre invisible; il l'est moins que vous ne pensez, répondit le Papillon jaune en volant auprés de la Princesse pour se mettre dans la conversation; j'ai observé tantôt vôtre prison, j'ai vollé, & j'ai même nâgé à l'entour; elle disparoit quand on est sur les eaux, mais elle cesse d'être invisible dés que l'on est élevé dans les airs.

airs. Sans doute que la Fée n'a pas crû ce chemin assez facile pour devoir songer à la défendre contre celui de la Mer ; c'est un avis que j'allois vous donner, continua le Papillon, quand mon frere a rompu le silence que nous avons gardé jusques-ici ; une si agreable nouvelle aïant rendu quelque esperance à la Princesse, est-il possible, lui dit-elle, qu'Ariston ait negligé quelque précaution pour satisfaire sa cruauté & son amour ? Sans doute, son pouvoir & celui de la Fée qui peut tout sur la Mer & sur la Terre ne s'étend pas jusques dans les airs, c'étoit précisement la raison qui avoit empêché le Prince & la Fée de rendre la Tour & le Rocher invisibles du côté du Ciel ; mais, ajoûta Ravissante, aprés quelque moment de réflexion, le Prince des Feüilles pourra-t'il quelque chose dans les airs ? Non, Madame, reprit le Papillon couleur de feu, il n'y peut rien, & vôtre prison sera invisible pour lui, quoiqu'il soit un demi-Dieu, comme elle le seroit pour un homme ; mais .... Ce Prince sera donc aussi malheureux que moi, interrompit la triste Ravissante, en versant des larmes qui augmenterent sa beauté, & qui attendrirent extrêmement les deux Papillons, & je sens que je serai encore plus infortunée par les malheurs du Prince des Feüilles que par les miens : Que dois-je donc faire, continua-t'elle en soûpirant ? me faire partir tout à l'heure, repartit brusquement le Papillon couleur de feu, j'irai avertir le Prince des Feüilles de vos infortunes, & il viendra vous secourir, quoique son pouvoir ne s'étende pas dans les airs ; il a un Prince de ses amis qui y peut tout, & dont il peut disposer comme de lui-même ; c'est de quoi mon frere qui demeure auprés de vous, pourra vous informer pendant mon voïage : Adieu, belle Princesse, continua le Papillon en s'envolant pardessus la balustrade, cessez de vous inquiéter, & comptez sur ma diligence ; je vai voler avec autant de rapidité que vous souhaitez ; aprés ces paroles le Papillon se perdit dans les airs, & la Princesse sentit alors cette joie si vive & si charmante que donne l'espoir de voir bien-tôt ce que l'on aime. Elle retourna dans sa chambre, & le Papillon jaune la suivit ; elle sentit une extrême impatience de sçavoir de quel Prince son Amant devoit esperer un secours si necessaire à leur bonheur, pour ne plus l'ignorer, elle pria le Papillon jaune de lui apprendre tout ce qui pouvoit contribuer à augmenter & flatter son esperance ; elle le fit mettre sur une petite Corbeille de fleurs qu'elle apporta sur une table auprés d'elle, & le Papillon qui se faisoit un honneur de lui plaire, commença ainsi son récit.

Auprés de l'Isle du Jour où regne le Prince des Feüilles, il y en a une autre plus petite, mais aussi agreable ; la terre y est toujours couverte de fleurs, & l'on assure que c'est une grace que Flore a fait à nôtre terre, pour immortaliser la memoire des jours heureux où elle y venoit trouver Zephir ; car l'on tient que c'étoit dans nôtre Isle qu'ils se voïoient, quand leur amour étoit encore secrette & nouvelle : elle s'appelle l'Isle des Papillons ; les habitans n'en sont pas de la figure que vous me voïez, ce sont de petits hommes aîlez, fort jolis, fort galans, tres amoureux, & si volages, qu'à peine aiment-ils un jour la même chose. Pendant que le siécle d'or regnoit encore sur la terre l'Amour qui se flattoit alors que tous les cœurs seroient toujours tendres & fideles, craignoit que par la facilité que nous avions de voler par tout le monde, nous n'allassions apprendre aux mortels l'agreable science de changer en aimant, que ce Dieu appelloit une erreur capable de détruire pour jamais le bonheur de sonEmpire. Pour nous interdire tout commerce avec le reste de l'Univers, il vint dans nôtre Isle, il en toucha la terre avec une de ses fléches, & s'élevant ensuite sur un nuage brillant qui l'avoit apporté : Si vous voülez, dit-il aux habitans de l'Isle, aller encore comme des Dieux par les airs, je viens d'assûrer ma vengeance, vous ne pourrez plus par vôtre commerce dangereux troubler la felicité de mon Empire : aprés ces mots il disparut, les menaces de l'Amour n'ôterent point aux Papillons le desir de changer, ni même celui de vôler dans les airs, pour avoir du moins le plaisir de quitter quelquefois la terre ; quelques-uns d'entr'eux s'éleverent en l'air, & trouverent qu'ils y avoient la même facilité qu'avant le tems où l'Amour leur étoit venu défendre ; mais dés qu'ils furent sortis des limites de nôtre Isle, ils furent changez en de petits animaux tels que vous me voïez, tous de differente couleur, l'Amour vengeur aïant voulu marquer par cette diversité combien ils étoient portez à l'inconstance. Surpris de leur métamorphose, ils revinrent dans nôtre Isle, & dés qu'ils en eurent touché la terre, ils reprirent leur premiere forme. Depuis ce tems fatal, cette vengeance de l'Amour a toujours continué parmi nous ; quand nous quittons nôtre terre, il ne nous reste plus rien des hommes que l'esprit & la liberté de parler comme eux : mais nous ne nous en sommes jamais servi hors de nôtre Isle, pour ne pas rendre cette vengeance celebre en la publiant nous-mêmes dans tout l'Univers ; & pour ne pas épouventer ceux qui, comme nous, ont du penchant à l'inconstance, mais nous avons le plaisir de voir en voïageant par le monde, que le destin nous a vangé de l'Amour, sans que nous nous en soïons mêlez : l'inconstance regne avec autant de pouvoir que lui dans toute l'étenduë de son Empire. Quelques siecles aprés que ce changement fut arrivé dans l'Empire des Papillons, le Soleil qui semble prendre plaisir à y faire naître des fleurs, s'applaudit si bien de son propre ouvrage, qu'il y devint amoureux d'une Rose qui étoit d'une beauté extraordinaire. Il en fut tendrement aimé, & elle lui sacrifia tous les soins que les Zephirs prenoient pour elle, au bout de quelque tems la Rose devint d'une forme un peu differente des autres, le Soleil en fit naître aussi-tôt de semblables à elle, pour qu'elle fût plus facilement confonduë dans cette quantité de fleurs, qui parurent alors une nouvelle plante; c'est ce que l'on a appellé depuis la Rose à cent feüilles : enfin du Soleil & de cette Fleur nâquit un demi-Dieu que le Soleil destina à regner toujours dans nôtre Isle. Jusques-là nous n'avions point eu de Souverain : mais le fils d'un Dieu qui favorisoit si constamment nôtre terre, fut reçu pour Roi avec une joie extrême, on l'appella le Prince des Papillons. C'est ce Prince, belle Princesse, qui pourra vous secourir par le chemin des airs, & que l'avanture que je vais vous apprendre, a rendu pour toujours si parfaitement ami du Prince des Feüilles.

Dans un Païs éloigné de celui des Papillons, il regne une Fée qui fait sa demeure dans une caverne fort obscure, on la nomme la Fée de la Grotte, elle est d'une grandeur extraordinaire, son visage est mêlé de vert, d'aurore & de bleu : sa figure la rend presque aussi redoutable que son pouvoir, & elle est si redoutée des mortels qu'il n'en est point d'assés temeraire pour oser approcher du païs qu'elle habite. Un jour le Prince des Papillons voïageant pour se divertir aux environs de son Empire, apperçut la Fée, & surpris de cette rencontre, il la suivit long-temps pour voir ce que deviendroit un monstre si épouventable. Elle ne remarqua point qu'elle étoit observée, car le Prince, quoique Fils du Soleil, n'a pû obtenir du Destin la liberté de voïager sous une autre forme que celle que nous prenons tous en sortant de nôtre Roïaume, parce qu'il étoit né dans nôtre Isle depuis le temps où l'Amour nous avoit fait sentir sa vengeance. Cependant il n'étoit point inconstant comme le sont tous ses Sujets, & l'Amour pour lui faire du moins une petite grace, avoit permis que quand il changeroit de figure, il ne seroit que d'une couleur, & que cette couleur seroit celle qui signifie la fidelité. Sous cette forme, il suivit la Fée tant qu'il voulut, il la vit entrer dans sa sombre demeure, pressé d'un mouvement de curiosité, il y vola aprés elle, mais quel ſpectacle l'attendoit au fond de cette Caverne ! Il y vit une jeune perſonne plus belle & plus brillante que le jour, qui étoit couchée ſur un lit de gazon & qui paroiſſoit d'une triſteſſe extrême. De tems en-tems elle eſſuïoit des larmes qui tomboient de ſes beaux yeux ; ſon abatement, & la langueur où elle étoit ne ſervoient qu'à la faire paroître plus aimable. Le Prince des Papillons demeura ſi touché de cette veüe, qu'il penſa mille fois oublier la figure qu'il avoit alors pour ſe ſouvenir ſeulement qu'il étoit éperduëment amoureux, & qu'il brûloit de le dire : il fut retiré d'une ſi douce rêverie, par la voix effraïante de la Fée, qui parloit à cette perſonne, avec une dureté épouventable, il en reſſentit de la douleur & de la colere, & il étoit au deſeſpoir de n'oſer exprimer ni l'un ni l'autre. La Fée qui par une inquiétude naturelle ne pouvoit demeurer long-tems dans un même lieu, ſortit bien-tôt de ſa caverne ; alors le Prince s'approcha de la jeune Perſonne dont il étoit ſi charmé, il vola autour d'elle, & voulant joüir de la ſeule liberté que ſa figure lui permettoit, il ſe repoſa ſur ſes cheveux qui étoient du plus beau blond du monde, & ensuite sur son visage. Il mouroit d'envie de lui dire combien il étoit touché de sa beauté, & de sa douleur, mais quel moïen de lui faire croire qu'il étoit Fils du Soleil sans pouvoir paroître devant elle sous sa propre forme; & comment lui apprendre la vengeance de l'Amour, & l'inconstance si naturelle aux habitans de son Isle, en voulant lui persuader qu'il ne cesseroit jamais de l'aimer? Il demeura plusieurs jours dans la caverne ou dans la forest, dont elle étoit environnée; il ne pouvoit se résoudre à quitter cette beauté qu'il adoroit, & quoi qu'il n'osât lui parler, il la voïoit, & c'étoit assez pour lui faire préferer cet affreux séjour aux agreables lieux où il avoit le plaisir de regner, & celui d'être le plus beau Prince du monde.

Pendant ce tems où il ne quittoit point cette jeune personne, il vit toujours la Fée la traiter avec une inhumanité incroïable, & il apprit par leurs discours, que cette belle infortunée étoit la Princesse des Linottes; que la Fée qui étoit de ses parentes, l'avoit enlevée dés sa plus tendre jeunesse pour usurper plus facilement son Roïaume, qui étoit une petite Isle située assez prés de celle des Papillons; ce Prince y avoit été bien des fois, & il y avoit entendu dire que la Princesse y avoit été enlevée, & qu'on n'avoit jamais pû sçavoir ce qu'elle étoit devenuë. Ce Païs s'appelle l'Isle des Linottes, à cause de la grande quantité qui s'y trouve de cette espece de petits oyseaux qui portent ce nom. Le Prince des Papillons plaignit le malheur de cette aimable Princesse; & pour songer enfin à la délivrer s'il étoit possible, il résolut de s'en éloigner: il vola dans l'Isle du Jour sans se reposer un moment, il y trouva le Prince des Feüilles, avec qui il étoit lié dés long-temps d'une amitié fort tendre, & qui venoit passer une partie de l'année dans l'Isle des Papillons. Il conta son avanture à ce Prince, & aprés avoir examiné tous les moïens dont ils se pourroient servir pour remettre cette jeune Princesse en liberté, le Prince des Feüilles résolut d'aller lui même dans la forêt de la Fée, pour apprendre à la Princesse des Linottes le violent amour que le Prince des Papillons avoit pour elle, & les raisons, qui empêcheroient toujours ce malheureux Prince de paroître devant elle sous sa veritable figure, si elle ne consentoit à se laisser enlever dans l'Isle des Papillons; mais le Prince des Feüilles paroissoit un confident trop redoutable à son ami, qui craignit avec raison que la Princesse ne fût plus touchée des charmes d'un Prince si parfait, que du recit de l'amour d'un autre Prince dont elle n'avoit jamais entendu parler; il se plaignit de la cruauté de son destin; il chercha quelqu'autre moïen de déclarer son amour à la Princesse, mais ce fut inutilement: tout autre qu'un demi-Dieu ne pouvoit approcher de la demeure de la Fée, sans ressentir sur le champ les funestes effets de sa vengeance. Il s'embarqua donc avec le Prince des Feüilles, agité d'une jalouse crainte, il lui sembloit que ce Prince ne pourroit conserver un seul moment à la veuë de cette belle Princesse, l'insensibilité dont il avoit toujours fait gloire, l'Amour touché de l'état funeste où il l'avoit réduit, voulut du moins le rassurer contre cette juste crainte, & triompher en même-temps de l'insensible cœur du Prince des Feüilles, c'étoit par vous, belle

Princesse, continua le Papillon, que ce Dieu en attendoit la victoire, & vous seule étiez digne de l'obtenir ; ce fut ce même jour de l'embarquement des deux Princes, qu'ils virent de loin sur un rocher une illumination si brillante que le Prince des Feüilles poussé par sa destinée, plûtôt que par sa curiosité, ordonna aux poissons aîlez qui conduisoient le berceau de Mirthe dans lequel il étoit, de s'approcher du lieu d'où partoit une si vive lumiere. Vous sçavez le reste de cette avanture, le Prince des Feüilles vous trouva dans la Forest des Hiacinthes, & laissa à vos pieds une liberté qui lui étoit si chere, & que jusques à cet instant il avoit toujours conservée. Pressé par l'impatience du Prince des Papillons qui n'avoit souffert qu'à regret qu'il s'arrêtât sur ce rivage, il s'arracha avec une peine infinie d'un lieu où son cœur & ses desirs auroient voulu l'arrêter pour toujours : ils continuerent leur voïage, & le Prince des Papillons fut si satisfait de voir le Prince des Feüilles veritablement amoureux, & si éloigné de devenir son Rival qu'il ne douta point que ce ne fût un présage assés heureux pour devoir ſe promettre un bonheur parfait dans tout le reſte de ſon entrepriſe. Ils arriverent dans la Forêt de la Fée de la Grotte, ils entrerent dans ſa triſte demeure, & l'Amour qui avoit réſolu de les favoriſer, leur fit trouver la belle Princeſſe des Linottes ſeule & endormie : il n'y avoit point de temps à perdre, le Prince des Feüilles l'emporta dans le berceau de verdure, où le Prince des Papillons le ſuivit; la Fée revint dans ce moment, elle fit des cris horribles à la vûë de cet enlevement, elle crût pouvoir l'empêcher par ſon art, & ſe vanger de celui qui venoit d'emmener la Princeſſe des Linottes; mais ſes enchantemens furent inutiles contre le Prince des Feüilles qui s'éloigna en peu de temps de ce triſte rivage. Cependant la jeune Princeſſe ſe réveilla, & elle fut également ſurpriſe du lieu où elle ſe trouvoit, & de la préſence du Prince des Feüilles, mais ce fut un étonnement agréable, qui augmenta par les diſcours de ce Prince, qui lui apprit les effets de ſa beauté, qu'elle étoit délivrée de la tyrannie de la Fée, & qu'elle pouvoit d'orénavant régner dans ſon Empire, & dans un

Roïaume encore plus beau que le sien. Le Prince des Papillons lui parla de son amour avec tant de vivacité & de tendresse que la Princesse sentit une curiosité infinie de le voir sous sa veritable figure, dont elle a avoüé depuis quelle se fit dés ce moment la plus belle idée du monde. Ils continuerent de voguer, & en peu de jours ils arriverent dans l'Isle des Papillons, dont le Prince se hâta de toucher la terre pour paroître enfin aux yeux de la Princesse, tel qu'il étoit. Sa vûë ne démentit point l'aimable idée qu'elle s'en étoit faite, il fut assés heureux pour plaire, & il en aima encore plus tendrement. La Princesse des Linottes envoia dans son Isle apprendre à ses Sujets quelle avoit été son avanture ; ils vinrent la trouver en foule, & ce fut en leur présence qu'elle accepta le cœur & l'Empire de l'heureux Prince des Papillons, cependant le Prince des Feüilles l'avoit quitté dés le moment qu'il l'eut conduite dans son Isle pour retourner prés de vous, belle Princesse, où son impatience & ardent amour le pressoient sans cesse de se rendre. Ravissante écoutoit le Papillon avec une attention extrême, quand elle vit entrer dans sa chambre le Prince Ariston avec une fureur sur le visage dont elle craignoit les effets; le destin me menace, s'écria t'il en entrant, & puis qu'il me promet un grand malheur, c'est sans doute celui de vous perdre, il n'en est plus d'autre où mon cœur puisse se trouver assez sensible pour meriter de m'être prédit: Voïez, Madame, continua-t'il, en s'adressant à Ravissante, voïez de quelle couleur deviennent les murs de cette Tour, c'est un signe assuré pour moi d'une prochaine infortune. Comme les malheurs d'Ariston étoient un bonheur pour Ravissante, elle regarda ce que le Prince lui faisoit remarquer, & elle s'apperçut qu'effectivement cette pierre bleuë perdoit sa premiere couleur, & qu'elle commençoit à devenir verte; elle en eut de la joie, parce qu'elle ne douta pas que ce ne fût un présage assuré de l'arrivée du Prince des Feüilles. Cette joie que le malheureux Ariston remarqua dans ses yeux redoubla son desespoir. Que ne dit-il point à Ravissante, & devenu sincere par l'excés de sa douleur, il lui apprit qu'il l'aimoit assez pour ne point cesser de l'adorer, quoiqu'il fût assuré d'être malheureux toute sa vie. Je ne sçaurois douter de mon infortune, dit-il à la Princesse, les destins m'ont promis comme à vous que je serois toûjours miserable, si je n'étois toujours fidele à la premiere impression que l'amour feroit dans mon cœur, & quel moïen d'accomplir cet ordre cruel ? quand on vous voit aprés avoir déja été sensible, on oublie tout jusques aux soins de son bonheur, pour ne penser qu'à vous aimer, & pour ne chercher qu'à vous plaire. Une jeune Princesse de la Cour du Roi mon pere m'avoit paruë digne de mes vœux, je croiois ne songer qu'à retourner auprés d'elle, quand j'aurois passé ici quelque tems: mais un moment de vôtre vûë renversa tous mes projets, ma raison & mon cœur furent également d'accord dans mon changement, & je ne crus rien d'impossible au tendre amour que vous m'aviez inspiré: je me flatai même qu'il pourroit changer les destinées, mais vos rigueurs toujours constantes m'ont appris que je m'étois trompé, & qu'il ne me reste plus d'autre esperance que celle de mourir bien-tôt pour vous. Le Prince Ariston finissoit ces paroles, qui le le faisoient paroître à Ravissante digne au moins de quelque pitié, quand ils virent en l'air un trône de feüillages, soutenu par un nombre infini de Papillons : un d'entre-eux qui étoit tout bleu, & que cette couleur fit reconnoître à Ravissante pour le fils du Soleil, vola auprés d'elle, & lui dit : Venez belle Princesse, c'est aujourd'hui que vous allez reprendre vôtre liberté, & rendre heureux le plus aimable Prince du monde. Les Papillons poserent le trône jusques auprés de Ravissante ; elle s'y assit, & ils l'enleverent. Ariston desesperé d'avoir perdu la Princesse, ne consulta plus que l'excés de sa douleur, & se précipita dans la Mer ; la Fée abandonna aussi-tôt ce Rocher, que cette mort venoit de lui rendre si funeste, & pour marquer sa fureur, elle le briza avec la Tour par un coup de tonnerre en un nombre infini de morceaux, qui furent transportez par les flots & par les vents en divers endroits de la Mer ; c'est de cette espece de pierre que l'on a fait depuis des bagues que l'on a nommées Turquoises ; celles qui sont encore appellées de vieille roche sont faites des restes de ce Rocher dispersé, & les autres sont seulement des pierres qui leur ressemblent ; le souvenir du malheur prédit au Prince Ariston par le changement de couleur qui arriva aux murs de la Tour a passé jusques à nous ; on dit encore que ces bagues deviennent vertes , quand il doit arriver quelque malheur à ceux qui les portent , & l'on assure même que c'est d'ordinaire les malheurs qui regardent l'amour qu'elles ont accoûtumé de prédire ; pendant que la Fée exprimoit sa douleur par la destruction de son Isle , le Prince des Papillons satisfait d'avoir rendu au Prince des Feuilles un service semblable à celui qu'il avoit reçu de lui , conduisit en volant la belle Ravissante jusques dans un Vaisseau de joncs ornez de guirlandes de fleurs où le Prince des Feüilles l'attendoit avec toute l'impatience qu'un violent amour peut causer. L'on ne sçauroit exprimer le plaisir qu'il ressentit en voïant arriver la Princesse ; jamais la joie & l'amour ne parurent plus vivement que dans le cœur & dans les discours de ce Prince ; il fit voguer en diligence vers l'Isle du Jour , le Prince des Papillons s'envola pour rejoindre plûtôt l'aimable Princesse des Linottes ; Ravissante envoït deux Papillons au Roi ſon pere, pour lui apprendre quelle avoit été ſa fortune; le bon Roi en loüa les deſtinées, & ſe rendit en peu de tems dans l'Iſle du Jour, où le Prince des Feüilles & la belle Raviſſante regnerent avec toute la felicité imaginable, & furent toujours heureux, parce qu'ils ne ceſſerent jamais d'être amoureux & fidéles.

Qu'on doit porter d'envie au ſort de Raviſſante,
Par une ardeur vive & conſtante
L'Amour lui prodigua ſes tréſors précieux.
Pour en pouvoir joüir comme elle,
Helas! que l'on ſeroit heureux,
S'il ſuffiſoit d'être fidelle.

FIN.

LE BONHEUR DES MOINEAUX.

CONTE.

QVe c'est un destin rigoureux
De n'avoir point de biens durables !
Tous les plaisirs sont courts, autant qu'ils sont aimables.
De deux Amans Amour combloit les vœux,
Ils goûtoient les douceurs d'un si charmant mystere,
Ils étoient jeunes, ils étoient amoureux ;
Ils faisoient tous leurs soins de chercher à se plaire,
He ! que faut-il de plus pour être heureux ?
On voit à l'envi croître de si beaux feux ;
Mais, helas ! par malheur pour eux,
La jeune Iris avoit encore sa mere,
Qui pour mieux l'arracher à l'objet de ses vœux,
Lui fit d'un prompt départ une loi necessaire,
Tout ce que peut l'Amour au desespoir

Dans ces tendres Amans vivement se fit
voir.
Iris partit ; mais comment peut-on faire
Pour soutenir de tels malheurs ?
Elle alloit chaque jour dans un bois solitaire,
Entretenir les pressantes douleurs
Que l'on ressent en perdant ce qu'on aime,
Il n'est point de tourmens, qui coûtent tant de pleurs,
Peu de tourmens les meritent de même
Un jour aprés avoir redit sa peine extrême
Aux Arbres, aux Ruisseaux, aux Echos d'alentour
Elle vit deux Moineaux, cent fois plus heureux qu'elle
Qui suivoient librement les transports de l'amour :
Helas ! petits Oiseaux, dit-elle,
Fuïez, fuïez un si cruel séjour,
On troubleroit bien-tôt vos ardeurs mutuelles,
Si par malheur ma mere en étoit le témoin,
Vous êtes amoureux, passionnez fidéles ;
Helas ! elle envoïroit un de vous deux bien loin.

L'HEUREUSE PEINE.

CONTE.

L fut autrefois un grand Roi, qui devint éperduëment amoureux d'une belle Princesse de sa Cour; dés qu'il l'aima, il lui parla de sa tendresse, les Rois ont d'autres privileges que les vulgaires Amans. La Princesse ne s'offensa point d'un Amour qui pouvoit la placer sur le Trône, mais elle parut toujours aussi sage au Roi, qu'il la trouvoit charmante, il l'épousa, la nôce se fit avec une magnificence incroïable, & ce qui l'est encore bien davantage, c'est qu'il fut Epoux sans cesser d'être Amant. Le bonheur d'un si doux Hymenée ne fut troublé que par la tristesse de n'avoir point d'enfans pour succeder à leur bonheur, & à leur Roïaume. Le Roi pour pouvoir du moins joüir de la douceur de l'esperance, se resolut d'aller consulter une Fée, qu'il croïoit fort de ses amies; elle s'appelloit Formidable, mais elle ne l'avoit pas toujours été pour le Roi; on dit même que l'on trouvoit encore dans de vieils Recuëils de ce Païs-là des vau-de-ville qui disoient beaucoup de ses nouvelles, tant les Poëtes ont été témeraires de tous temps, car la Fée étoit fort respectée; & paroissoit si farouche, qu'il n'étoit presque pas possible de s'imaginer qu'elle eût ressenti le pouvoir de l'amour, mais où sont les cœurs qui lui échapent? Le Roi qui avoit toûjours été Galand, & qui avoit beaucoup d'esprit, n'ignoroit pas que les apparences sont souvent trompeuses. Il trouva Formidable dans un bois où il étoit allé a la chasse; elle parut à ses yeux sous une figure si gracieuse, & avec un air si charmant, que le Roi ne douta pas un moment qu'elle ne voulût plaire. Rarement on fait briller tant de charmes sans intention. Le Roi l'aima. Sa Fée trouva plus de plaisir a être aimée qu'à inspirer toujours de la terreur;

cette tendresse dura quelques années, mais un jour Formidable qui comptoit sur le cœur de son Amant, comme sur un bien qui ne pouvoit cesser d'être a elle, se laissa voir au Roi sous sa veritable figure. Elle n'étoit plus jeune; elle n'avoit gueres de beauté, elle se repentit par le trouble qu'elle remarqua sur le visage du Roi, d'avoir eu trop de confiance en elle même; & elle reconnut peu aprés que les sentimens du cœur, quelques tendres qu'ils puissent être ne peuvent toucher, & ne sçauroient rendre l'amour heureux, s'ils ne sont soûtenus par une figure aimable. Le Roi fut honteux de n'avoir été amoureux que que d'une belle Idée. Il cessa d'aimer sa Fée, & conserva seulement pour elle des égards, & de la déference. Formidable par une gloire qui lui étoit naturelle feignit si bien d'être contente de l'amitié du Roi, qu'elle le persuada qu'elle étoit la meilleure de ses amies; elle fut même à sa nôce, comme les autres Fées du païs qui en furent priées, pour ne pas donner à penser par un refus éclatant, qu'elle eût lieu d'être fâchée de ce mariage.

Le Roi comptant donc sur l'amitié de son

ſon ancienne Maîtreſſe, l'alla trouver dans ſa demeure : c'étoit un Palais de marbre couleur de feu au milieu d'une vaſte Foreſt. L'on y arrivoit par une avenuë d'une longueur prodigieuſe, elle étoit bordée des deux côtez par cent Lions couleur de feu. Formidable n'aimoit que cette couleur, & elle avoit fée ainſi tous les animaux qui naiſſoient dans ſa Foreſt ; au bout de l'avenuë, on trouvoit une grande place carrée, où une troupe de Mores vêtus de couleur de feu & or, magnifiquement armez, faiſoient une garde perpetuelle. Le Roi traverſa ſeul la Foreſt, il en ſçavoit les chemins à merveille, il traverſa même l'avenuë des Lions ſans danger : car il leur jetta en entrant des renoncules que la Fée lui avoit données autrefois pour traverſer ce paſſage, ſans craindre ces redoutables Lions ; dés que le Roi leur eut jetté ces belles fleurs, ils devinrent doux & paiſibles. Il ſe trouva enfin à la garde des Mores, ils tournerent d'abord leurs fléches contre lui : mais le Roi leur jettant des fleurs de grenades qu'il tenoit auſſi de la Fée comme les renoncules, les Mores tirerent en l'air leurs fléches, & ſe rangerent en haïe pour le laiſſer paſſer ;

il entra dans le Palais de Formidable, elle étoit dans un Sallon assise sur un Trône de rubis, au milieu de douze Moresses vétuës de gaze, couleur de feu & or, son habit étoit pareil aux leurs, & si couvert de pierreries, qu'elle brilloit comme le Soleil, mais elle n'en étoit pas plus belle; le Roi regarda, & écouta quelques momens avant que d'entrer dans le Sallon; il y avoit auprés de la Fée quantité de Livres sur une Table de marbre rouge; il vit qu'elle en prenoit un, & continuoit d'instruire les Moresses de ces secrets qui rendent les Fées si redoutables, mais Formidable ne leur apprenoit que ceux qui sont contraires au repos, & au bonheur des hommes. Elle se gardoit bien de leur enseigner ceux qui peuvent contribuer à leur felicité. Le Roi en sentit de la haine pour la Fée; & entrant dans le Sallon, interrompit cette fatale leçon, & surprit Formidable par son arrivée; mais se remettant, dans le moment même elle renvoïa ces Moresses, & regardant le Roi avec un air de fierté & de colere: Que venez-vous chercher ici, lui dit-elle, Prince inconstant? Pourquoi par vôtre odieuse présence venez-vous troubler encore le repos dont je tâche à joüir ici ? Le Roi fut tout surpris d'un discours qu'il n'attendoit pas, & la Fée ouvrant un de ses livres, je voi bien ce que vous voulez, continua-t'elle ? Oüi, vous aurez une fille de cette Princesse, que vous m'avez préferée si injustement, mais ne croïez pas être toujours heureux, il est tems que je me vange. La fille que vous devez avoir sera autant haïe de tout le monde, que je vous ai autrefois aimé. Le Roi fit tout ce qu'il lui fut possible pour adoucir la colere de la Fée ; mais ce fut inutilement, la haine avoit succedé à l'amour, & c'étoit l'amour seul qui pouvoit attendrir la Fée, car la pitié & la generosité étoient des sentimens qu'elle ne connoissoit point. Elle ordonna fierement au Roi de sortir de son Palais, & ouvrant une voliere, il en sortit un Perroquet couleur de feu. Suivez cet Oiseau, dit-elle au Roi, & rendez graces à ma bonté, qui ne vous livre pas à la fureur de mes Lions & de mes Gardes. L'Oiseau vola. Le Roi le suivit, & par un chemin qui lui étoit inconnu, & beaucoup plus court que celui qu'il connoissoit, il fut conduit dans son Roïaume. La Reine qui le trouva à son retour d'une tristesse extrême, lui en demanda tant le sujet, que le Roi lui apprit la cruelle prédiction de la Fée, sans toutefois lui apprendre tout ce qui s'étoit passé autrefois entr'eux, pour ne pas attirer de nouveaux malheurs sur la belle Reine. Cette jeune Princesse sçavoit qu'une Fée ne peut pas empêcher absolument ce qu'une de ses pareilles a prédit, mais qu'elle peut adoucir les peines qui ont été ordonnées. J'irai, dit la Reine, trouver Lumineuse, Souveraine de l'Empire heureux; c'est une Fée celebre qui se plaît à proteger les malheureux. Elle est ma parente; elle m'a toujours favorisée; & elle m'avoit même prédit la fortune où l'Amour me devoit faire parvenir. Le Roi approuva fort le voiage de la Reine, & il en espera beaucoup, son équipage étant prêt, elle fut chercher Lumineuse; elle portoit ce nom, parce que sa beauté étoit si brillante, qu'à peine en pouvoit-on soutenir l'éclat, & la grandeur de son ame répondoit parfaitement à sa beauté; la Reine arriva dans une vaste campagne, & apperçut de fort loin une grande Tour; mais quoiqu'on la vît de loin, il y avoit bien des détours pour y arriver. Elle étoit de marbre blanc, elle n'avoit point de porte, les fenêtres faites en arcades étoient de cristal, une belle riviere, dont les ondes paroissoient d'argent battoit le pied de la Tour. Elle tournoit neuf fois à l'entour. La Reine avec toute sa Cour arriva au bord de l'eau, qui commençoit là le premier cercle qu'elle faisoit autour de la demeure de la Fée. La Reine la passa sur un pont de Pavots blancs, que le pouvoir de Lumineuse avoit rendu aussi sûr & aussi durable, que s'il eût été bâti d'airain ; quoiqu'il ne fût que de fleurs, il ne laissoit pas d'être redoutable, il avoit le pouvoir d'endormir pour sept ans ceux qui le passoient contre la volonté de la Fée. La Reine apperçut au delà du Pont six jeunes hommes magnifiquement vêtus endormis sur des lits de gazon sous des Pavillons de feüillages. C'étoient des Princes amoureux de la Fée; & comme elle ne vouloit point entendre parler de l'Amour, elle ne leur avoit pas permis de passer plus loin. La Reine aprés avoir passé le Pont, se trouva dans le premier espace que la riviere laissoit libre ; il étoit occupé par un Labirinthe charmant, tout de Jasmins & de Lauriers-Roses, il n'y en avoit que de blancs, car c'étoit la couleur qu'aimoit Lumineuse. Aprés avoir admiré cette belle promenade, & en avoir démêlé facilement les détours qui n'étoient embarrassans que pour ceux que l'aimable Lumineuse ne vouloit pas qu'ils pussent entrer dans son agreable demeure, la Reine repassa la riviere, sur un Pont d'Anemones blanches, elle faisoit en cet endroit son second tour, & l'espace qu'elle laissoit libre avant que de faire son troisiéme cercle, étoit occupé par une Forest d'Acaciats toujours fleuris, les routes en étoient charmantes & si sombres, que le Soleil ne les pouvoit pénetrer : on y voïoit de tendres Colombes, dont les plumes pouvoient faire honte à la neige; tous les arbres étoient couverts d'un nombre infini de Serains blancs qui faisoient des concerts agreables; Lumineuse d'un coup de baguette leur avoit appris les plus beaux & les plus aimables chants du monde.

On sortoit de cette belle Forest par un Pont de Tubereuses, & l'on entroit dans une belle campagne toute couverte d'arbres chargez de si beaux fruits, & si délicieux, que le moindre arbre de ce lieu-là faisoit honte aux fameux jardins des Hesperides. Cependant la Reine trouvoit tous les soirs les plus belles tentes du monde, & de magnifiques repas se trouvoient servis dés qu'elle arrivoit, sans que l'on vît aucun de ses Officiers si diligens & si habilles ; la Fée qui avoit appris dans ses livres l'arrivée de la Reine prenoit soin de son voïage, elle ne vouloit pas même qu'elle pût être fatiguée un moment. La Reine pour sortir de cette merveilleuse campagne passa la riviere sur un pont d'Oeillets blancs, & entra dans le Parc de la Fée. Il étoit aussi beau que tout le reste, la Fée y venoit chasser quelquefois, il étoit rempli d'un nombre infini de Cerfs & de Biches blanches, & d'autres animaux de la même couleur; une meute de Levrons blancs étoit dispersée dans ce Parc, & couchée sur l'herbe avec des Biches & des Lapins blancs, & d'autres Animaux qui d'ordinaire sont sauvages : mais ils ne l'étoient point en ce lieu-là, l'Art de la Fée les avoit apprivoisez, & quand les Chiens chassoient quelque bête pour amuser Lumineuse, il sembloit qu'ils eussent compris que ce n'étoit qu'un jeu, car ils faisoient tout ce qu'ils devoient faire, excepté qu'ils ne se faisoient jamais de mal. En ce lieu la riviere faisoit son cinquiéme cercle autour de la demeure de la Fée. La Reine pour sortir du parc, la passa sur un pont de petits Jasmins, & se trouva dans un hameau charmant. Toutes les petites cabanes y étoient bâties d'Albâtre, les habitans de cet aimable lieu étoient sujets de la Fée; ils gardoient ses troupeaux, leurs habits étoient de gaze d'argent; ils étoient couronnez de guirlandes de fleurs, & leurs Houlettes étoient toutes brillantes de pierreries; tous les Moutons étoient d'une blancheur surprenante; toutes les Bergeres étoient jeunes & belles, & Lumineuse aimoit trop la couleur blanche, pour avoir oublié de leur faire un teint si beau, qu'il sembloit que le Soleil même aidât à le rendre plus éclatant; tous les Bergers étoient aimables, & le défaut qu'on pouvoit trouver dans cet agreable païs, c'est qu'il n'y avoit pas une seule beauté brune; les Bergeres furent recevoir la Reine, & lui présenterent des vases de porcelaine, remplis des plus belles fleurs du monde. La Reine & toute sa Cour étoient charmez d'un voïage si galant, & cette Princesse en tiroit un heureux présage pour ce qu'elle desiroit de la Fée. Comme elle se mettoit en chemin pour sortir du hameau, une jeune Bergere s'avançant vers la Reine, lui apporta une petite Levrette sur un carreau de velours blanc, brodé d'argent & de perles : à peine distinguoit-on la Levrette sur son carreau, tant leur couleur étoit semblable. La Fée Lumimineuse, Souveraine de l'Empire heureux, dit la jeune Bergere à la Reine, m'a ordonné de vous présenter Blanc Blanc de sa part, c'est le nom de la petite Levrette; elle a l'honneur d'être aimée de Lumineuse, son art en a fait une merveille, & elle lui a commandé de vous conduire jusques à la Tour; vous n'aurez, grande Princesse, qu'à la laisser aller & la suivre. La Reine reçut la petite Levrette avec plaisir, charmée du soin que la Fée prenoit d'elle. Elle caressa Blanc Blanc, qui aprés lui avoir rendu ses caresses avec beaucoup d'esprit & de grace, sauta legerement à terre, & se mit à marcher devant la Reine, qui la suivit avec toute sa Cour. Ils arriverent au bord de la riviere, qui faisoit là son sixiéme tour, ils furent fort étonnez de n'y point trouver de pont pour la passer. La Fée ne vouloit pas que ses Bergers allassent la troubler dans sa retraitte, il n'y avoit jamais de pont dans ce lieu-là, que quand elle y vouloit passer, ou y recevoir ses amis. La Reine rêvoit profondément à cette aventure, quand elle entendit Blanc Blanc qui aboïa trois fois ; aussi-tôt un Zephir agita les arbres qui étoient au delà de la riviere, & fit tomber dans l'eau une si grande quantité de fleurs d'Oranges, qu'il s'en forma un pont, & la Reine passa la riviere dessus. Elle remercia Blanc Blanc par les caresses, & elle se trouva dans une avenuë de Mirthes & d'Orangers délicieux, & aprés l'avoir traversé sans s'ennuïer, quoiqu'elle fût d'une longueur extrême, elle retrouva le bord de la riviere qui faisoit son septiéme tour dans cet endroit là : elle n'y vit point de pont, mais l'avanture du matin la rassuroit ; Blanc Blanc frappa la terre trois fois avec sa petite patte, & dans le moment même il parut un pont de Hyacinthes blanches. La Reine le passa, & elle entra dans une prairie toute émaillée de fleurs, ces belles tentes s'y trouverent dressées, elle s'y reposa, puis elle continua son chemin, & elle trouva encore le bord de l'eau. Il n'y avoit point de passage, Blanc Blanc s'avança, but dans cette belle riviere, & aussitôt il parut un pont de Roses blanches, qui servit à la Reine pour entrer dans le Jardin de la Fée; il étoit si rempli de fleurs merveilleuses, de jets-d'eau extraordinaires, & de statuës d'une beauté surprenante, qu'il n'est pas possible d'en faire une exacte description. Si la Reine n'avoit pas senti une impatience extrême de prévenir les maux, dont la cruelle Formidable l'avoit menacée, elle auroit resté plus long-tems dans ce beau lieu, toute sa Cour en sortit à regret; mais il fallut suivre Blanc Blanc qui conduisit la Reine où la riviere faisoit son dernier cercle autour de la demeure de Lumineuse, la Reine vit enfin de prés la Tour de la Fée, il n'y avoit que la riviere entre deux; elle la regarda avec plaisir, comme étant le sujet de son voïage, & elle lut cette Inscription qui étoit écrite sur la Tour en lettres d'or.

C'est ici le charmant séjour
De la felicité parfaite;
Lumineuse a bâti cette belle retraite,
Elle y reçoit les ris, elle en bannit l'amour,
Et pour lui cependant elle semble être faite.

Cette Inscription avoit été faite à sa gloire par les Fées les plus renommées de son tems; elles avoient voulu laisser à la posterité ce témoignage de leur amitié & de leur estime. Pendant que la Reine s'amusoit ainsi au bord de l'eau, Blanc Blanc passa ce petit trajet à la nâge, & faisant le plongeon rapporta une Coquille de Nâcre de perle qu'elle laissa retomber dans la riviere ; à ce bruit six belles Nimphes vêtuës d'habits brillans, ouvrirent une grande fenêtre de Cristal, il en sortit un degré de Perles qui s'approcha peu à peu de la Reine ; Blanc Blanc monta promptement jusques à la fenêtre de la Fée, & entra dans la Tour, la Reine prit le même chemin ; mais à mesure qu'elle montoit ce joli degré, les marches qu'elle avoit passées disparoissoient, & l'empêcherent ainsi d'être suivie. Elle entra dans la belle Tour de Lumineuse, & la fenêtre fut refermée.

Toute la Suite de la Reine fut au desespoir de ne la voir plus, & de ne pouvoir la suivre, car elle étoit extrêmement aimée ; leurs cris se firent entendre jusques au lieu où Lumineuse entretenoit la Reine, & pour rassurer ces malheureux, la Fée envoia une de ses Nimphes pour les conduire au hameau, où ils devoient attendre le retour de la Reine, le degré de Perles reparut, & leur rendit l'esperance. La Nimphe descendit, & la Reine parut à sa fenêtre pour leur ordonner de la suivre & de lui obéïr. Cette Princesse demeura avec la Fée, qui la reçut avec une magnificence prodigieuse, & avec un air divin qui gagnoit les cœurs. La Reine y demeura trois jours qui ne suffirent pas pour voir toutes les merveilles de la Tour de Lumineuse, & il auroit fallut des siecles entiers pour admirer tout, & les beautez de la Fée. Le quatriéme jour Lumineuse aprés avoir donné à la Reine des présens aussi galants que magnifiques : Belle Princesse, lui dit-elle, je suis fâchée de ne pouvoir réparer le malheur dont Formidable vous a menacée; mais c'est la faute du destin, il nous permet de répandre des biens sur ceux que nous favorisons, mais il nous défend de garentir, & de finir les maux ordonnez par une autre Fée. Ainsi pour vous consoler du malheur que l'on vous prépare, je vous promets avant qu'il soit un an une fille si belle, que tout ce qui la verra en sera charmé, & je prendrai ſoin, ajoûta la Fée, de faire naître un Prince digne d'elle. Une prédiction ſi favorable fit oublier pour quelque tems à la Reine la haine de Formidable, & le malheur qu'elle attendoit. Lumineuſe ne dit point à la Reine ce qui rendoit Formidable ſon ennemie.

Les Fées qui même ne s'accordent pas enſemble, conſervent exactement entre-elles les ſecrets qui peuvent les rendre mépriſables aux mortels, & l'on aſſure que ce ſont les ſeules femmes qui ont eû l'eſprit de ne point dire de mal les unes des autres; aprés des remercimens infinis de la part de la Reine, Lumineuſe ordonna à douze de ſes Nimphes de ſe charger de préſens, & de reconduire la Reine juſques au hameau, & elle la conduiſit elle même juſques au degré de perles qui parut dés que l'on eut ouvert la fenêtre. Quand la Reine & les Nimphes furent au bas du degré; elles virent un Char d'argent attelé de ſix Biches blanches; leurs Harnois étoient tous couverts de diamans, un jeune enfant beau comme le jour conduiſoit le Char, & les Nimphes le ſuivirent montées ſur des Chevaux blancs qui pouvoient diſputer de beauté avec ceux du Soleil.

Dans ce galand équipage la Reine arriva au hameau, elle y retrouva toute sa Cour qui fut ravie de la revoir : les Nimphes prirent congé de la Reine, & lui présenterent ces douze beaux Chevaux Fées pour ne se lasser jamais, & elles dirent à la Reine que Lumineuse la prioit de les donner au Roi de sa part. La Reine comblée des bontez de la Fée, retourna dans son Roïaume. Le Roi la vint recevoir jusques sur la frontiere, & fut si charmé de son retour & de l'agreable nouvelle qu'elle lui annonçoit de la part de Lumineuse, qu'il ordonna des réjoüissances publiques, dont le bruit qui parvint jusques à Formidable redoubla encore sa haine & sa colere pour le Roi. Peu de temps aprés le retour de la Reine, elle devint grosse & elle ne douta point que ce ne fût de cette belle Princesse qui devoit charmer tous les cœurs, car Lumineuse lui avoit promis sa naissance avant la fin de l'année, & Formidable n'avoit point prescrit le tems où sa vengeance devoit s'accomplir, mais elle n'avoit pas dessein de la retarder. La Reine accoucha de deux Princesses, & ne douta pas un moment laquelle lui avoit été promise par Lumineuse par l'empressement qu'elle se sentit d'embrasser celle qui avoit vû le jour la premiere.

Elle la trouva digne des promesses de la Fée, rien au monde n'étoit si beau ; le Roi & tous ceux qui étoient présens, s'empressoient d'admirer la petite Princesse, & l'on oublioit absolument l'autre, quand la Reine qui jugea par cette negligence generale que les prédictions de Formidable s'accomplissoient aussi, ordonna plusieurs fois qu'on en eût le même soin que de l'Aisnée.

Les femmes lui obeïrent avec une répugnance qu'elles ne pouvoient vaincre, & que le Roi & la Reine n'osoient presque blâmer, parce qu'ils la sentoient eux-mêmes. Lumineuse arriva en diligence sur un nuage, & nomma la belle Princesse Aimée, pour lui donner un nom convenable au destin qu'elle lui avoit promis. Le Roi rendit à Lumineuse tous les respects qu'elle meritoit, elle promit à la Reine qu'elle protegeroit toujours Aimée ; elle ne lui fit point alors de don, car elle lui avoit déja tout donné. Pour l'autre Princesse, en vain le Roi lui donna le nom d'une de ses Provinces. On s'accoûtuma

coûtuma insensiblement à l'appeller Naimée par une opposition bien cruelle pour elle. Quand les deux Princesses eurent atteint l'âge de douze ans, Formidable voulut qu'on les éloignât de la Cour, disoit elle, pour diminuer la haine & l'amour qui se partageoient entre-elles. Lumineuse laissoit ordonner Formidable, elle étoit sure que rien ne pouvoit empêcher la belle Aimée de regner dans le Roïaume de son pere, & dans tous les cœurs; Elle l'avoit fait naître avec tant de charmes, qu'il ne falloit que la voir pour n'en pas douter: le Roi pour tâcher d'appaiser la haine que Formidable répandoit sur sa Maison, résolut de lui obeïr. Il envoïa donc ses deux Princesses avec une jeune & aimable Cour dans un Château merveilleux qu'il avoit à l'extremité de son Roïaume: il s'appelloit le Château des Portraits, c'étoit un lieu digne de la sçavante Fée qui l'avoit bâti il y avoit quatre mille ans: les Jardins & toutes les promenades des environs étoient admirables, mais ce qu'il y avoit de plus beau étoit une Gallerie à perte de vûë, où l'on voïoit les Portraits de tous les Princes, & de toutes les Princesses du sang Royal de ce Roïaume & ceux des païs voisins; dés qu'ils avoient quinze-ans, leurs Portraits s'y trouvoient peints, avec un art qui ne pouvoit être que foiblement imité par toute autre que par une Fée. Ce don devoit durer jusques au tems qu'il entreroit dans ce Château la plus belle Princesse du monde.

Cette Gallerie séparoit deux Appartemens vastes, & magnifiques, les deux Princesses les occuperent, elles eurent mêmes Maîtres, même éducation, on n'apprenoit rien à la charmante Aimée, que l'on n'enseignat à sa sœur : mais Formidable venoit lui faire des leçons qui gâtoient toutes les autres, & Lumineuse venoit de son côté par ses conversations rendre Aimée digne de l'admiration de tout l'Univers. Il y avoit trois ans que les Princesses étoient dans ce Château éloignées de la Cour: Elles entendirent un jour un bruit inconnu, qui fut suivi d'une Musique charmante : Elles regardoient de tous côtez pour voir d'où partoient ce bruit & ce Concert agréable, quand elles apperçurent trois Portaits qui remplirent trois places qui un moment auparavant étoient vuides; il y en avoit un qui étoit couronné de fleurs par deux amours, l'un regardoit ce beau Portrait, avec toute l'attention qu'il meritoit, & sembloit en avoir oublié le soin de tirer une fléche qu'il avoit toute prête à partir sur son Arc. L'autre tenoit une petite banderolle sur laquelle étoient ces Vers:

Aimée eut en naissant, de la sage nature
Les solides beautez qui ne meurent jamais,
Les graces prirent soins d'embellir ses attraits,
Et Venus pour toujours lui donna sa Ceinture.

Ils n'étoient pas necessaires pour faire connoître le portrait de la belle Aimée, on y remarquoit tous ses traits, & cette grace charmante qui attiroit les cœurs: Elle avoit le teint d'une blancheur surprenante, les plus belles couleurs du monde, le visage rond, les cheveux d'un blond admirable, les yeux bleus, mais qui brilloient d'un feu si vif, que tous ceux qui avoient le plaisir de les voir jugeoient qu'il étoit inutile que Lumineuse eût fait present à Aimée d'un don qu'elle avoit en elle-même; sa bouche étoit charmante, ses dents étoient aussi blanches que son teint, & Venus sembloit lui avoir donné le pouvoir de soûrire comme elle. Ce fut ce divin Portrait qui occupa un des bouts de la Gallerie. Le second fut celui de Naimée : elle étoit blonde, elle ne manquoit pas de beauté; mais ce Portrait étoit comme elle-même, il ne plaisoit point : ces mots étoient écrits audessous en lettres d'or :

Naimée avec ses traits, qui forment la beauté
Dans tous les cœurs ne peut trouver de places,
Apprens de la posterité,
Que la beauté n'est rien sans l'esprit & les graces.

Ces deux Portaits occupoient toute l'attention des deux Princesses, & de toute leur jeune Cour; quand Aimée qui n'étoit point vaine de ses propres charmes, & laissant au reste du monde le soin de les admirer, jetta les yeux sur le troisiéme Portrait qui avoit paru en même tems que le sien, elle y trouva dequoi attirer ses regards, c'étoit celui d'un jeune Prince plus beau mille fois que l'Amour; il avoit plus de l'air d'un Dieu que d'un homme, ses cheveux étoient noirs, & tomboient par grosses boucles sur les épaules, & ses yeux promettoient autant d'esprit qu'on voïoit de charmes dans sa personne : ces paroles étoient écrites audessous du Portrait : *C'est le Prince de l'Isle Galante.*

Sa beauté surprit tout le monde, mais quelle toucha vivement la belle Aimée ! son jeune cœur en sentit une émotion inconnuë, & Naimée même à la vûë de ce beau Portrait ne fut pas exemte d'une passion, dont personne ne pouvoit être touché pour elle ; cette avanture ne surprit personne, car on étoit accoûtumé à voir ces merveilles en ce lieu là. Le Roi & la Reine vinrent au Château voir les Princesses, ils firent faire un grand nombre de copies de leurs Portraits. Ils en envoïerent dans tous les Roïaumes voisins. Cependant Aimée dés qu'elle étoit seule entraînée par un mouvement involontaire, alloit dans la Gallerie des Portraits ; celui du Prince de l'Isle Galante occupoit toute son attention, & attiroit tous ses regards ; il paroissoit digne de l'un & de l'autre.

Naimée qui n'avoit rien de commun

avec sa sœur, que le même empressement pour le portrait du Prince, passoit presque tous ses jours dans la gallerie. Cette passion naissante augmenta si bien la haine de Naimée pour la belle Princesse, que ne pouvant trouver le secret de lui nuire, elle prioit sans cesse Formidable de la venger des charmes de sa sœur ; la cruelle Fée ne refusoit jamais les occasions de faire du mal ; suivant donc son inclination & les prieres de Naimée, elle fut trouver l'aimable Princesse qui se promenoit au bord d'une riviere qui passoit au pied du Château des Portraits : Va, lui dit Formidable, en la touchant d'une baguette d'Ebene qu'elle tenoit dans sa main, va sui toujours le bord de cette riviere jusques au jour où tu trouveras une personne qui te haisse autant que moi ; & jusques à ce moment tu ne séjourneras en nul lieu du monde. La Princesse à cet ordre terrible se mit à pleurer, quelles larmes ! il n'y avoit dans tout l'Univers que le cœur de Formidable incapable d'en être attendry. Lumineuse accourut au secours de la belle & malheureuse Aimée ; console toi, lui dit-elle, ce voiage où Formidable vient de te condamner finira par une avanture agréable, & jusques à ce jour tu ne trouveras que des plaisirs. Aimée, aprés ces mots favorables partit avec le seul regret de ne plus voir le beau Portrait du Prince de l'Isle Galante, mais elle n'osa en témoigner sa douleur à la Fée, elle se mit donc en chemin, & tout sembloit être sensible à ses charmes. Le Zéphir régnoit seul dans les lieux où elle passoit. Elle trouvoit par tout des Nimphes prêtes à la servir avec un respect extrême, les prairies se couvroient de fleurs à son abord, & quand le Soleil étoit trop ardent, les bois redoubloient leur ombrage. Pendant que la belle Princesse fait un voïage si charmant, Lumineuse ne borne pas sa vangeance à rendre le dessein de Formidable inutile : Elle fut trouver Naimée, & la frappant d'une baguette d'Yvoire; Va, lui dit-elle, pars à ton tour sur le bord de la riviere, tu ne te reposeras jamais que tu n'aye trouvé une personne qui t'aime autant que tu merite peu de l'être. Naimée partit & ne fut point regrettée.

Formidable même à qui tout paroissoit à son gré, pourvû qu'on fist souffrir quelque peine, ne songea plus à Naimée, & ne daigna pas la proteger plus long-tems. Les deux Princesses continuërent ainsi leur voïage : Naimée avec toutes les fatigues imaginables, les plus belles fleurs se changeoient en épines sur son passage, & la belle Princesse, avec tous les plaisirs que Lumineuse lui avoit fait esperer, elle en trouva même de plus sensibles que ceux qui lui avoient été promis.

Sur la fin d'un beau jour, à l'heure que le Soleil va se reposer entre les bras de Thetis ; Aimée s'assit au bord de la riviere, aussi tôt un nombre infini de fleurs naissantes autour d'elle formerent une espece de lit de repos, dont elle eût admiré plus long-tems l'agrément, si elle n'eût apperçu un autre objet sur la riviere qui l'empêcha de penser pour lors à toute autre chose, c'étoit une petite barque d'Ametiste ; elle étoit ornée de mille banderolles de la même couleur, chargée de chiffres & de devises galantes. Douze jeunes hommes vétus d'habits legers, gris-de-lin & argent, couronnez de guirlandes d'immortelles, ramerent avec tant de diligence, que la barque fut en peu de tems assez prés du rivage, pour laisser remarquer à la belle Aimée toute

toute cette differente beauté. Ce fut avec un étonnement & une surprise agreable, qu'elle apperçut par tout son nom & ses chiffres : un moment aprés la Princesse reconnut son portrait sur un petit Autel de Topaze, élevé au milieu de la Barque, au dessous du portrait elle lut ces paroles :

Si ce n'est l'Amour, qu'est-ce donc ?

Aprés avoir donné ses premiers mouvemens à l'admiration, elle craignit de voir descendre de la Barque ces Etrangers, qui lui avoient d'abord parus si galans. Tout me parle de l'amour d'un inconnu, disoit Aimée en elle-même, & je sens que le Prince de l'Isle Galante, est seul digne de m'inspirer les sentimens dont je vois trop qu'un autre est sans doute touché pour moi. Portrait fatal, ajoûta-t'elle, pourquoi le destin t'a-t'il offert à mes yeux dans un tems, où loin de pouvoir me défendre, j'ignorois même encore si l'on pouvoit aimer quelque chose plus tendrement que les fleurs ?

Cette réflexion fut suivie de quelques soûpirs, & elle eût demeuré plus long-tems dans sa douce rêverie, si un bruit agreable de divers instrumens ne l'en eût tirée. Elle regarda vers la Barque d'où partoient ces aimables sons. Un homme dont elle ne put voir le visage vêtu d'un habit magnifique de la même couleur qui brilloit dans tout son équipage lui parut n'avoir d'attention qu'à regarder son portrait, tandis que six belles Nimphes formerent un concert charmant, & accompagnerent ces paroles, qui furent chantées par celui, qui avoit toujours regardé le beau portrait de la Princesse. L'air étoit de Duboulai:

Que tout parle de mon amour,
Et des charmes de ce que j'aime,
Aimée a plus d'attraits que n'en a l'Amour même
Pour flatter ma tendresse extrême:
Nimphes, redites tour à tour,
Que tout parle de mon amour,
Et des charmes de ce que j'aime.

Les Graces pour la suivre abandonnent les Cieux;
Et quittent sans regret la Reine de Citere;
Le plaisir de la voir, la douceur de lui plaire,
Vaut mieux que le séjour & le plaisir des Dieux.

Aimée a plus d'attraits que n'en a l'Amour même :
Pour flatter ma tendresse extrême,
Nimphes, redites tour à tour,
Que tout parle de mon Amour,
Et des charmes de ce que j'aime.

D'un seul de ses regards un cœur est enflâmé :
Tout lui cede, tout rend les armes,
Et jusqu'au tems heureux que brillerent ses charmes ;
On devroit n'avoir point aimé.

Aimée a plus d'attraits que n'en a l'Amour même,
Pour flatter ma tendresse extrême,
Nimphes, redites tour à tour,
Que tout parle de mon amour,
Et des charmes de ce que j'aime.

La douceur de ce Concert arrêta la belle Aimée sur le bord de la Riviere ; quand il fut fini, l'Inconnu tourna la tête de son côté, & lui laissa remarquer avec autant de trouble que de plaisir, les aimables traits du Prince de l'Isle Galante : Quelle surprise ! quelle joie ! de voir ce Prince charmant, & d'apprendre qu'il n'étoit occupé que d'elle. Il faudroit sçavoir aimer aussi parfaitement qu'au tems des Fées, pour bien comprendre tout ce que sentit alors la jeune Princesse.

Le Prince de l'Isle Galante éprouva la même surprise, il se hâta de descendre sur le rivage fortuné, qui offroit à ses yeux la divine Aimée. Elle n'eut pas la force de fuïr un Prince si parfait, elle accusa mille fois le destin de sa foiblesse : en semblable occasion, on ne manque guéres de s'en prendre à lui, il est impossible d'exprimer ce que ces jeunes Amans se dirent, & souvent même ils s'entendirent sans se parler. Lumineuse qui avoit conduit en ce lieu, & la jolie Barque, & les pas d'Aimée, parut tout d'un coup pour rassurer la timide Princesse, qui avoit enfin pris le parti de quitter un Prince si charmant & si dangereux ; elle leur apprit qu'ils étoient destinez à s'aimer & à s'unir pour toujours : mais, ajoûta la Fée, avant ce tems heureux, il faut achever le voïage ordonné par Formidable.

On ne peut desobeïr aux Fées ; la belle Aimée, & le Prince étoient si satisfaits du plaisir d'être ensemble, que tout ce qui ne les séparoit point, leur paroissoit trop doux. Ils continuerent donc leur chemin, tantôt dans la jolie barque, tantôt en traversant une belle & vaste solitude que la riviere arrosoit de ses eaux ; ce fut dans ce séjour tranquille que le Prince de l'Isle Galante, acheva de perdre le repos de son cœur. Il apprit à la belle Princesse tout ce qu'il avoit senti pour elle depuis le jour heureux où son divin portrait avoit été porté à la Cour, & qu'un jour se promenant au bord de l'eau, & rêvant à son amour, Lumineuse lui apparut, & lui montrant la barque d'Ametiste, lui ordonna de s'embarquer, & lui promit un succez favorable pour son voïage & pour son amour. Tandis que le Prince & la belle Aimée achevent d'obéir aux ordres de Formidable, & que tous les jours leurs ardeurs s'augmentent, ils deviennent si heureux qu'ils craignent d'arriver, de peur d'être occupez de quelque autre chose que de leur tendresse. Naimée finissoit aussi de son côté son penible voïage.

Le cours de la riviere que suivoient les deux Princesses les conduisit insensiblement dans l'Isle Galante, & ils y arriverent tous en même tems. Lumineuse ne manqua pas de s'y rendre. Elle apprit à Aimée que la vengeance de Formidable étoit accomplie, puisqu'en rencontrant sa sœur, elle trouvoit la seule personne du monde qui la pût haïr : & le voïage de Naimée est donc aussi fini, dit la belle Princesse, car rien n'a pû diminuer l'amitié que j'ai pour elle ? elle pria ensuite la Fée d'adoucir, s'il étoit possible, la triste destinée de sa sœur : mais cette grace étoit inutile à demander pour Naimée, dés qu'elle eût vû le Prince de l'Isle Galante, qu'elle reconnut facilement pour celui dont l'aimable Portrait avoit touché son cœur, & qu'elle entendit dire à Lumineuse que le tems approchoit de son himen avec la jeune Aimée ; elle se précipita dans cette même riviere, qu'elle suivoit depuis un an avec tant de peine, sans pourtant avoir recours au trépas : mais les malheurs de l'Amour touchent plus vivement que ceux de la fortune.

Lumineuse qui vit tomber la Princesse dans l'eau, la changea en un petit animal, qui marque encore par sa maniere de marcher, quelle étoit l'humeur de la malheureuse Naimée. Son destin s'accomplit même aprés sa mort, elle ne fut point regrettée ; il en coûta pourtant quelques larmes à Aimée ; mais de quels malheurs ne l'eût pas consolée le Prince de l'Isle Galante ? Elle étoit si touchée de sa tendresse, qu'elle ne le fut presque point de toutes les Fêtes que l'on inventa pour la recevoir dans son Roïaume, le Prince y prit aussi peu de part. Quand on est bien amoureux, on ne connoît plus de vrais plaisirs que celui d'être aimé de ce qu'on aime.

Le Roi & la Reine avertis par Lumineuse vinrent retrouver leur aimable fille : Ce fut en leur presence que la genereuse Fée déclara, que la belle Aimée avoit eu la gloire de mettre à fin l'avanture du Château des Portraits, parce que rien n'avoit encore paru si beau qu'elle dans tout le monde. L'amour du Prince de l'Isle Galante étoit trop violent pour pouvoir attendre davantage, [illegible] supplia le Roi & la Reine de consentir à son bonheur, Lumineuse elle-même honora de sa présence un jour si beau & si desiré. La nôce se fit avec toute la magnificence que l'on doit attendre des Fées & des Rois ; mais quelque heureux que ce jour dût être, je n'en ferai point la description ; car quoique se promette l'Amour heureux, une Nôce est, presque toujours une triste Fête.

Tant qu'Amour fait sentir ses craintes tourmens,
Et les doux transports qu'il inspire
Il reste cent choses à dire
Pour les Poëtes, les Amans.
Mais pour l'Hymen, c'est en vain qu'on réclame
Le Dieu des Vers, & les neuf doctes Sœurs.
C'est le sort des Amours, & celui des Auteurs
D'échoüer à l'Epitalame.

FIN.

www.ingramcontent.com/pod-product-compliance
Ingram Content Group UK Ltd.
Pitfield, Milton Keynes, MK11 3LW, UK
UKHW012051240726
13965UKWH00003B/1208